DAS GESCHENK DES MARQUESS

DARCY BURKE

Übersetzt von
PETRA GORSCHBOTH

DARCY BURKE PUBLISHING

Das Geschenk des Marquess

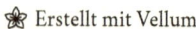 Erstellt mit Vellum

Für Banana Cat
für alle Kuscheln

Das Geschenk des Marquess
Die Liebe ist überall

Die Marquise von Darlington wünscht sich nichts sehnlicher als ein Haus voller Kinder, aber nach drei Jahren Ehe hat Poppy die Hoffnung aufgegeben. Als sie erfährt, dass ihr Ehemann Gabriel ihren Kummer über diesen Verlust nicht teilt, versucht Poppy, ihr gequältes Herz zu besänftigen, indem sie sich in einem Heim für alleinstehende Frauen und Mütter nützlich macht. Doch durch das Eintreffen einer werdenden Mutter wird ihre Sehnsucht erneut angefacht, was den Keil zwischen ihr und Gabriel noch tiefer treibt.

Nachdem er seine Mutter und Schwester im Kindbett verloren hat, ist Gabriel, der Marquess von Darlington, insgeheim froh, dass seine Frau nicht schwanger werden kann. Er kann den Gedanken nicht ertragen, sie zu verlieren, nicht einmal, um ihren Traum von einer Familie zu verwirklichen. Verzweifelt bemüht, ihr seine Liebe zu beweisen, macht Gabriel einen schockierenden Vorschlag. Es ist ein Risiko, doch wenn es ihm gelingt, seine Ängste und sein Zögern zu überwinden, kann er Poppy zu Weihnachten endlich das geben, was sie sich am meisten wünscht.

Versäumen Sie nicht die anderen Bücher aus der Regency Weihnachtstrilogie »Die Liebe ist überall«!

KAPITEL 1

Grafschaft Durham, England
November 1811

Das schrille Kreischen eines Kindes zerriss die Luft und ließ Gabriel Kirkwood, Marquess von Darlington, beim Hämmern innehalten. Zwei kleine Jungen rannten auf die offene Tür zu, an der Gabriel gerade das gebrochene Scharnier reparierte. Sie blieben ruckartig stehen, wobei der größere den kleineren Jungen anstieß, den er gerade verfolgte.

»Verzeihung, Mylord«, entschuldigte sich Matthew, der Jüngere der beiden, und sah aus seinen großen, blauen Augen zu Gabriel auf.

»Seid bloß vorsichtig«, mahnte Gabriel mit einem Lächeln, als er über ihre Köpfe hinweg den Flur entlang blickte. »Lasst euch nicht von Mrs. Armstrong erwischen, während ihr hier drin herumrennt.« Die Aufseherin der Institution für verarmte Frauen, die von allen als Hartwell House bezeichnet wurde, bestand auf Ordnung und Disziplin.

Matthew warf einen Blick über die Schulter, während sein älterer Bruder John den Kopf schüttelte. »Wir geben acht, Mylord. Sie ist beschäftigt«, fügte er hinzu, als wolle er einen Beweis für ihre Umsicht anführen.

»Gut.« Gabriel wandte sich wieder seiner Arbeit zu und hämmerte das neue Scharnier fest.

»Was macht Ihr da?« Matthew trat neben ihn – den neugierigen Blick auf Gabriels Reparatur geheftet. »Ich habe das Scharnier ausgetauscht, damit diese Tür sich ordentlich schließen lässt.« Gabriel trat zurück. Hartwell House war vor etwa fünfzehn Jahren zu einer Institution umgewandelt worden, als der Besitzer und seine Frau, die Armstrongs, angefangen hatten, verarmte Frauen aufzunehmen, unter denen viele kleine Kinder hatten, ohne die Möglichkeit, sie zu ernähren. Für die meisten unter ihnen bestand die einzige Alternative in einem Armenhaus, und das war der falsche Ort, um Kinder großzuziehen, wenn man Zeit mit ihnen verbringen wollte. Hartwell House ermöglichte den Müttern und Kindern zusammenzubleiben und ein gemeinsames Leben aufzubauen. »Na los, probiere es, und finde heraus, ob ich gute Arbeit geleistet habe.«

Der Junge warf ihm einen zweifelnden Blick zu und Gabriel nickte ermutigend. Dann schlug der kleine Kerl die Tür zu und knallte sie seinem Bruder ins Gesicht.

Kichernd hielt Matthew sich die Hand vor den Mund.

Gabriel musste ein Lachen unterdrücken. »Es sieht aus, als würde sie gut funktionieren.«

Die Tür wurde aufgestoßen und gab den Blick auf Johns zornig starrende Augen frei. »Du musstest sie mir nicht ins Gesicht schlagen.«

»Das habe ich nicht gewollt.« Matthew sah zu Gabriel auf. »Ich bin froh, dass Ihr die Tür repariert habt. Neulich Abend war es hier drin zu laut.« Er zog eine Grimasse und dann ging er aus dem Raum, bei dem es sich um den Frauenschlafsaal handelte.

Gabriel sah zu John. »Warum war es zu laut?«

»Sie haben geweint, weil jemand gestorben ist.« John brachte diese Aussage ohne jeden Anflug von Traurigkeit hervor, und das rührte an Gabriels Herz. Was für eine Art von Tragödie musste dieser Junge schon erlitten haben, um sich vom Tod so unbeeindruckt zu zeigen?

Anders gesagt, und wahrscheinlich eher zutreffend, war das Kind der Sterblichkeit noch nicht ansichtig geworden. Erst als Gabriel im Alter von zehn Jahren seine Mutter verloren hatte, hatte die unsägliche Trauer über ihren Tod seine Sichtweise für immer gewandelt. Das Leben war kostbar und konnte sich im Nu ändern – oder vergangen sein.

»Ich bedaure, das zu hören«, sagte Gabriel leise.

»Da seid ihr ja.« Mrs. Armstrongs trällernde Stimme hallte über den Flur. »Ihr Jungs seid spät dran für das Mittagessen. Dann lauft mal los.« Sie kam am Schlafsaal an und nahm sie mit einem liebevollen, aber festen Blick ins Visier.

Sie verschwendeten keinen Abschiedsblick für Gabriel und gaben ihm damit zu verstehen, wer den höheren Rang hier in Hartwell House innehatte – und das war keineswegs ein Marquess. Gabriel unterdrückte ein Lächeln und wandte sich der imposanten Frau zu, die der Institution vorstand. Großgewachsen, mit braunem Haar, das an den Schläfen allmählich ergraute, und schmalen Lippen, die grausam hätten wirken können, wenn sie nicht so viel lachen würde, war Mrs. Armstrong das Herz dieser Heimstatt, insbesondere seitdem ihr Mann letztes Jahr verstorben war.

»Hoffentlich haben die beiden Euch nicht gestört«, bemerkte sie, als sie die Tür beäugte.

»Überhaupt nicht. Sie haben mir tatsächlich sogar geholfen. Es ist mir in den Sinn gekommen, dass ich die beiden in einigen nützlichen Fertigkeiten unterweisen sollte. Wenn Sie meinen, dass diese Jungen alt genug sind.«

»Das tue ich und das wäre wundervoll.« Sie lächelte ihn strahlend an. »Ihr und die Marquise sind so großherzig mit allem, was Ihr hier für uns tut. Ich hatte die Absicht zu fragen – und ich hoffe, dass Ihr mich nicht für unangemessen haltet –, ob Ihre Ladyschaft wohlauf ist. Wir haben sie seit fast zwei Wochen nicht mehr gesehen.«

»Ist das schon so lang her?« Gabriel wurde bewusst, dass sie ihn bei seinen letzten Besuchen nicht begleitet hatte, jedoch hatte er die Tage nicht gezählt. Er konnte die Besorgnis in Mrs. Armstrongs Blick erkennen und versuchte schleunigst, sie zu beruhigen. »Poppy ist gesund, danke. Sie ist nur mit anderen Dingen zu Hause beschäftigt.« Gabriel wusste nicht, ob das stimmte. Er würde es herausfinden – und Mrs. Armstrongs Besorgnis war nun die seine.

»Ich bin froh, das zu hören«, antwortete sie. »Die Kinder vermissen sie.«

Gabriel fühlte einen scharfen Stich, der ihm in die Brust schnitt. Natürlich vermissten die Kinder sie. Poppy verbrachte einen Großteil ihrer Zeit hier mit ihnen und las etwas für die Kleinen vor oder spielte mit ihnen oder sie unterrichtete sie, während ihre Mütter schneiderten oder im Garten arbeiteten. Hartwell House bot seinen Bewohnern Arbeitsmöglichkeiten und die Chance, Geld zu verdienen, in der Hoffnung, dass sie irgendwann einmal gehen konnten, um ihren eignen Haushalt zu haben. Weil Poppy und er keine eigenen Kinder hatten, genoss sie es, ihre Zeit mit den jüngsten der Bewohner zu verbringen. Sie wäre eine wundervolle Mutter, aber nach beinahe drei

Jahren Ehe ohne Schwangerschaft, hatte es den Anschein, als sollte dem nicht so sein.

Gabriel schüttelte den Gedanken ab. »Ich habe gehört, dass jemand gestorben ist.« Er hoffte, dass der Junge sich geirrt hatte, doch der dunkle Schatten, der sich über Mrs. Armstrongs Augen senkte, sagte ihm, dass dem nicht so war.

»Es ist so traurig, aber leider nicht überraschend. Das Mädchen war so unterernährt. Sie war nicht wirklich ein Mädchen, muss ich sagen.« Mrs. Armstrong schüttelte den Kopf und dann runzelte sie die Stirn. »Nein, sie war ein Mädchen, das im Begriff war, Mutter zu werden.«

Gabriel stockte der Atem, als das Grauen ihn beschlich und ihn erzittern ließ. *Oh nein ...*

Er rief sich die junge Frau in Erinnerung – das Mädchen –, die vor einigen Wochen angekommen war. Sie war fast verhungert gewesen, und Mrs. Armstrong hatte alles Erdenkliche getan, um ihr zu helfen. »Das Baby?«, fragte Gabriel.

»Eine Totgeburt. Die Mutter ist in einen erschöpften Schlaf gefallen und nicht mehr aufgewacht.« Sie warf einen Blick auf eines der Betten. »Ihr Platz ist bereits wieder besetzt.«

Es war schwer, das als einen Lichtblick zu betrachten, aber was hätte die Frau sonst tun können? Es war ihr Leben – die zu unterstützten, denen sie helfen konnte, und diejenigen gehen zu lassen, für die sie nichts zu tun vermochte.

Gabriel konnte nicht anders, als an seine Frau zu denken, an seine geliebte Poppy, und ihr Unvermögen, Kinder zu bekommen. Und daran, wie verdammt *dankbar* er dafür war. Für die Sicherheit, sie nie auf die Weise zu verlieren, wie das arme Mädchen gestorben war. Oder seine Mutter. Oder seine ältere Schwester. Oder Poppys

Mutter. Überall um ihn herum starben Frauen bei der Geburt, und er hatte jede Erwartung, dass mit Poppy dasselbe passieren würde.

Er konnte den Gedanken daran nicht ertragen.

»Mrs. Armstrong?« Eine junge Frau namens Judith, die so lange für Mrs. Armstrong gearbeitet hatte, wie Gabriel hierherkam, steckte den Kopf in den Schlafsaal. »Es gibt einen Neuankömmling.«

»Es hört nie auf«, bemerkte Mrs. Armstrong mit einem Kopfschütteln. Sie machte Anstalten, sich umzudrehen, doch dann zögerte sie. »Ich hoffe, Sie halten mich nicht für unverschämt, aber wenn Ihre Ladyschaft wegen ihres Zustands Probleme hat, wäre ich sehr gern bereit, mit ihr darüber zu sprechen.«

Gabriel blinzelte sie an und war nicht sicher, was sie meinte. »Zustand?«

»Dass sie keine eigenen Kinder hat.« Mrs. Armstrongs Stimme war sanft, die Stirn vor lauter Einfühlungsvermögen gefurcht. »Ihr seid jetzt wie lange verheiratet, drei Jahre?«

»Fast.«

»Das war ungefähr der Zeitpunkt, als mir klar wurde, dass Mr. Armstrong und ich nicht mit Kindern gesegnet sein würden. Im Jahr darauf nahmen wir unsere erste junge Frau bei uns auf. Ihr und ihrem kleinen Sohn zu helfen, hat uns Freude und ... Sinnhaftigkeit beschert.«

Ganz tief unten in Gabriels Kehle formte sich ein kleiner Kloß. Er schluckte, um ihn am Aufsteigen zu hindern. »Ich glaube, so fühlt sich Poppy, wenn sie hierher kommt – es erfüllt sie mit Freude.« Und wahrscheinlich Sinnhaftigkeit. Dessen war er nicht sicher.

Mrs. Armstrongs Lippen erblühten zu einem sympathischen Lächeln. »Das ist schön zu hören. Ich hoffe, dass sie wiederkehrt, sobald sie bereit ist. Wenn Sie mich jetzt entschuldigen würden.«

»Natürlich«, murmelte Gabriel.

Wieder allein räumte Gabriel sein Werkzeug zusammen und verließ den Schlafsaal. Er hatte heute getan, was er konnte, aber es gab immer etwas zu tun. Das Gebäude war dringend sanierungsbedürftig. Das Dach würde möglicherweise nicht einmal den Winter überstehen.

»Sie müssen mich bleiben lassen!« Aus dem hinteren Winkel des Hauses, in dem sich Mrs. Armstrongs Büro befand, ertönte eine Frauenstimme.

»Wir haben keine Unterkunft für jemanden in Ihrem Zustand, fürchte ich«, antwortete Mrs. Armstrong. »Sie sind zu krank. Es tut mir sehr leid. Es gibt ein Armenhaus ...«

»Nein!«

Das Geräusch eines Hustens hallte durch die Luft, auf das ein dumpfer Aufprall folgte, der so klang, als ob jemand gefallen wäre.

»Gütiger Himmel!«, rief Mrs. Armstrong erschrocken und veranlasste Gabriel, sich der Geräuschquelle zu nähern. Als er im Büro ankam, erblickte er eine zusammengesackte Gestalt auf dem Boden. Mrs. Armstrong und Judith knieten neben einer Frau, deren Husten in ein Stöhnen überging.

»Warum haben Sie nicht gesagt, dass Sie schwanger sind?«, fragte Mrs. Armstrong entsetzt.

Die Frau auf dem Boden antwortete mit einem Husten.

»Darf ich meine Hilfe anbieten?«, fragte Gabriel.

Mrs. Armstrong hob den Blick und Erleichterung flackerte in ihren Augen auf. »Ja, ich danke Ihnen. Können Sie uns helfen, sie auf einen Stuhl zu heben?«

Gabriel trat weiter in das Büro und blickte auf die blasse, ungepflegte Frau hinab. Ihr blondes Haar hatte sich aus den Haarnadeln gelöst, und sie trug einen schäbigen Umhang, der sich geöffnet hatte und den Blick auf ihre schmutzige und zerrissene Kleidung freigab. Die Garderobe passte auch nicht richtig und zog sich straff über ihren runden Bauch.

Er hockte sich hin und hob sie zwischen Mrs. Armstrong und der anderen Frau sanft in eine sitzende Position.

»Wir werden Sie auf den Stuhl setzen«, kündigte Mrs. Armstrong an.

»Warum?« Die Frau versuchte, ihre Helfer abzuschütteln. »Ich muss eine andere Bleibe finden.«

Mrs. Armstrong sah sie mit freundlicher Entschlossenheit an. »Wir werden Platz schaffen. Sie bekommen mein Bett. Es geht Ihnen nicht gut, und Sie müssen um des Babys willen auf sich aufpassen.«

»Ich will das Gör gar nicht einmal«, entgegnete die Frau und blickte finster drein.

Mrs. Armstrong schenkte ihr ein heiteres Lächeln. »Das denken Sie jetzt vielleicht, aber wenn Sie Ihr Baby kennenlernen, werden Sie Ihre Meinung ändern.«

Die Frau schüttelte heftig verneinend den Kopf. Daraufhin wurde sie prompt von einem weiteren Hustenanfall geschüttelt. »Ich werde einen anderen Platz finden«, röchelte sie zwischen den Attacken hervor.

Mrs. Armstrong runzelte die Stirn. »Sie sollten hierbleiben.«

Ihren Husten unterdrückend sah die Frau Gabriel an. »Helft mir bitte auf?«

Gabriel legte einen Arm um sie und stützte sie, bis sie stand. »Ich habe ein leerstehendes Häuschen auf meinem Anwesen. Möchten Sie dort bleiben, bis es Ihnen besser geht?«

Mrs. Armstrong stand auf und sah ihn überrascht an. »Sie kann nicht allein sein. Sie braucht Pflege.«

»Sie können Ihr Bett nicht abgeben, Mrs. Armstrong«, erklärte Gabriel. »Ich habe ein leeres Häuschen.«

»Ich werde mich um sie kümmern«, bot Judith an.

Mrs. Armstrong holte tief Luft. »Das ist sehr nett von dir, Judith. Ich werde dich hier vermissen, aber du musst natürlich gehen. Wenn die Frau zum Gehen bereit ist und sie dich haben will.« Sie warf der schwangeren Frau einen erwartungsvollen Blick zu.

»Das bin ich und das will ich.« Sie schniefte laut und es war ein schreckliches Geräusch, das Gabriel beinahe zusammenzucken ließ. »Wo ist dieses Häuschen?«

»Ich kann Sie gleich dorthin bringen«, erklärte Gabriel und war froh, heute seinen Pferdewagen mitgebracht zu haben, anstatt zu Pferd zu kommen. Es war schwierig, mehrere Mehlsäcke auf dem Pferderücken zu transportieren.

»In Ordnung.« Abermals fing die Frau zu husten an und krümmte sich in der Taille, als sie darum kämpfte, dem Anfall Einhalt zu gebieten.

»Du wirst Medikamente brauchen«, erklärte Mrs. Armstrong an Judith gewandt. »Und Kleidung für sie, die richtig passt.«

Judith nickte. »Ich werde nachsehen, was ich finden kann.« Sie drehte sich zum Gehen um.

»Ich werde einen Korb packen.« Mrs. Armstrong wandte sich an Gabriel. »Ihr werdet Lebensmittel und andere Bedarfsartikel für sie haben?«

»Natürlich.« Das Häuschen, das er im Sinn hatte, stand seit letztem Frühjahr leer, aber eine Nachbarin hatte es sauber und in gutem Zustand gehalten, bis ein neuer Pächter käme. Er würde dafür sorgen, Lebensmittel und Bettwäsche für sie vorrätig zu haben. Außerdem würde er seinen Verwalter anweisen, die gleiche Nachbarin zu bitten, sich um sie zu kümmern. Nicht, dass Gabriel nicht auch regelmäßig nach ihnen sehen würde. Er war sehr an der Frau interessiert und an der Tatsache, dass sie ihr Baby nicht wollte.

Ein Traum keimte in seiner Vorstellung auf ... Ein Traum, auf den er nicht zu hoffen wagte, und dennoch nicht verhindern konnte, sich nach seiner Erfüllung zu sehnen.

Mrs. Armstrong begleitete die Frau zu einem Stuhl. »Wie heißen Sie, meine Liebe?«

»Dinah Kitson.«

»Kommen Sie Dinah, setzen Sie sich, bis es Zeit zum Aufbruch ist.« Mrs. Armstrong sorgte dafür, dass sie es bequem hatte.

Dinah hob ihren wässrigen Blick zu Gabriel. »Warum helft Ihr mir?«

»Weil Sie Hilfe brauchen.«

»Was ist mit dem Baby?« Dinah legte eine Hand auf ihren Bauch.

»Wir finden schon eine Lösung«, antwortete Gabriel und ermahnte sich, die Sache behutsam anzugehen. Die Frau war krank, und es war nicht abzusehen, was passieren würde – ob das Baby überhaupt überleben würde. Und Dinah konnte sehr wohl ihre Meinung ändern, nachdem es geboren war. Sie würde sein Gesicht sehen und seine Finger und Zehen zählen, und sie würde sich hoffnungslos verlieben.

Ja, er hatte einen Traum, aber er erwartete nicht wirklich, dass er in Erfüllung ginge.

KAPITEL 2

*P*oppy Kirkwood, die Marquise von Darlington, saß vor dem Feuer im Salon, der an das Schlafzimmer angrenzte, das sie mit ihrem Ehegatten teilte. Sie bewegte die Hand mit schneller Präzision und füllte das Grünpflanzen-Muster auf ihrer Stickarbeit aus.

Die Handarbeit war recht umfangreich und würde sich sehr hübsch ausmachen, wenn sie zur Weihnachtszeit im Salon hing. Vorausgesetzt, sie bekäme sie rechtzeitig fertig.

Gabriel trat ein, nachdem er im Speisezimmer zurückgeblieben war, um ein Glas Portwein mit seinem Verwalter zu trinken, der mit ihnen zu Abend gegessen hatte. Charlies Frau war mit ihren kleinen Kindern zu Hause geblieben. Der hohle Schmerz, der permanent in Poppys Brust zu wohnen schien, verschärfte sich kurz, ehe sie die Empfindung mit einem Achselzucken abtat.

»Woran arbeitest du gerade?«, fragte Gabriel, als er auf sie zukam, um sich neben sie auf das Sofa zu setzen.

Sie breitete die Stickarbeit so gut wie möglich auf ihrem Schoß aus, damit er sie betrachten konnte. »Es ist ein Wandbehang für den Salon.«

Gabriel setzte sich zu ihr und nahm die Stickarbeit in Augenschein. »Ist das ein Mistelzweig?«

Ein Lächeln umspielte ihre Lippen. »Das ist es.«

Er gab ihr rasch einen Kuss auf den Mund. »Dass er nicht echt ist, spielt, glaube ich, keine Rolle.«

»Oder, dass er offensichtlich nicht über uns hängt«, stellte sie ironisch fest.

Mit einem Lächeln wandte er seine Aufmerksamkeit wieder dem Wandbehang zu. »Das ist zauberhaft. Du hast eine geschickte Hand für Stickereien. Hast du nicht kürzlich erst eine Tischdecke für Hartwell House bestickt?«

Poppy versteifte sich. »Vor einigen Monaten, ja.«

»Wie du weißt, war ich heute dort«, erklärte er und sah zu ihr auf. »Mrs. Armstrong hat sich erkundigt, ob es dir gut geht. Sie hat es in letzter Zeit vermisst, dich dort zu sehen.«

Poppy faltete die Stickarbeit sorgfältig zusammen und legte sie beiseite, als das Unbehagen sich in ihrem Inneren bemerkbar machte. »Ich hatte viel zu tun.«

»Das Gleiche habe ich Mrs. Armstrong gesagt. Wenn ich mir jedoch vorzustellen versuche, was dich so beschäftig hat, um dich von Hartwell House fern zu halten, fällt mir leider keine Antwort ein.«

»Du bist mit deinen eigenen Dingen beschäftigt.« Tatsächlich schien er mehr denn je von den Angelegenheiten des Anwesens vereinnahmt zu sein – und damit in Hartwell House zu helfen. Er liebte es, Dinge zu bauen und zu reparieren. Wenn er nicht in seiner Werkstatt hier war, reparierte er bestimmt gerade das eine oder andere in Hartwell House.

»Ich vermisse, zusammen mit dir dorthin zu gehen«, erklärte er und ergriff ihre Hände, die sie im Schoss gefaltet hatte, nachdem sie die Handarbeit zur Seite gelegt hatte. »Vielleicht möchtest du mich morgen oder übermorgen dorthin begleiten?« Er formte die Lippen zu einem zärtlichen Lächeln, das so sehr im Widerspruch zu seinem kantigen Kinn und der, wie gemeißelt wirkenden Kontur des Kiefers und der Wangenknochen stand. Es war dieses Lächeln, das vor drei Jahren auf einer örtlichen Veranstaltung ihre Aufmerksamkeit erregt hatte. Aber es war sein Humor und seine Fürsorge für andere, womit er ihr Herz erobert hatte.

Sie richtete sich im Rückgrat auf und antwortete: »Ich kann nicht, fürchte ich.«

Sein Lächeln verblasste und sein Gesichtsausdruck veränderte sich zu einem leichten Stirnrunzeln. »Stimmt etwas nicht? Gibt es einen Grund, warum du Hartwell House nicht mehr besuchen willst?«

Die Besorgnis in seinen Augen rührte an ihrer streng bewahrten Fassung. Sie erhob sich vom Sofa, denn eine nervöse Energie sprudelte in ihr hoch. »Nein.« Sie trat auf den Kamin zu, denn ihr plötzlich eisiger Körper sehnte sich nach der Wärme des Feuers.

Er erhob sich hinter ihr – sie konnte ihn spüren, als er näher kam. »Ich frage mich, ob es dich vielleicht … belastet, deine Zeit dort mit den Kindern zu verbringen?«

Überrascht, dass er mit seiner Frage ins Schwarze getroffen hatte, drehte sie sich zu ihm um. »Glaubst du das?«

Er zuckte mit einer Schulter. »Mrs. Armstrong hat es erwähnt. Sie wird sich sehr gern mit dir unterhalten und dich unterstützen, wenn du es wünschst.«

»Hast du unsere Probleme mit ihr besprochen?« Poppy mochte Mrs. Armstrong sehr, aber man sprach nicht mit Außenstehenden über solche Dinge. In Poppys Fall war es sogar etwas, worüber sie überhaupt nie redete.

»Sie hat es zur Sprache gebracht. Sie macht sich Sorgen

um dich.« Er zog eine Augenbraue hoch. »So wie auch ich.«

Die Emotionen – Traurigkeit und Frustration – wallten in ihr auf, aber sie weigerte sich, der Verzweiflung nachzugeben. Sie hatte bereits zu viele Tränen geweint. »Ich will dein Mitleid nicht. Ich will niemandes Mitleid, nicht einmal mein eigenes. Ich versuche, einen Weg zu finden, dies als das Leben zu akzeptieren, das ich haben werde, und das kann ich nicht, wenn Kinder um mich herumrennen. Du scheinst kein Problem zu haben, dort zu sein.« Sie bemühte sich, die Gereiztheit in ihrem Tonfall zu unterdrücken, aber sie fürchtete, versagt zu haben. »Wie hast du unser Schicksal nur akzeptiert?«

Er blinzelte und dann sah er zum Feuer. Als er abermals ihrem Blick begegnete, nahm sie etwas Befremdliches wahr … etwas, das sie noch nie zuvor dort gesehen hatte. »Ich muss zugeben, dass es für mich nicht so schwierig war, wie es für dich zu sein scheint.«

Poppys Kiefer klappte auf und berührte beinahe den Fußboden. Sie fühlte sich, als wäre sämtliche Luft aus ihren Lungen entwichen und als ob diese sich niemals wieder füllen würden.

Er fuhr fort: »Obwohl ich gern Vater geworden wäre, kann ich nicht sagen, dass es mir leid täte, dass du die Risiken einer Schwangerschaft und Geburt nicht erleiden musst.«

Jetzt wusste sie, was in seinen Augen zu sehen war – Erleichterung. Er war froh, dass sie nicht schwanger geworden war. Er hatte gar nichts akzeptiert. Er hatte ihr Los begrüßt, während sie in Traurigkeit und Enttäuschung versunken war.

»Du bist froh?« Ihre Frage kam kleinlaut und so leise über ihre Lippen, dass sie sich fragte, ob er sie überhaupt gehört hatte, weil er einen Moment für seine Antwort brauchte.

»Nicht froh, nein. Aber für mich ist es nicht das Ende der Welt.«

Das Ende der Welt ... »Das ist ein bisschen übertrieben.« Sie versuchte zu erfassen, was er sagte. Noch nie zuvor hatte er dies ihr gegenüber preisgegeben und sie fühlte sich beinahe ... betrogen. »Du verstehst nicht, wie mich das belastet.«

»Natürlich tue ich das«, antwortete er und die Furchen in seiner Stirn wurden noch tiefer, während sich seine Augen verengten. »Aber vielleicht verstehst du nicht, wie *ich* mich fühle.«

»Oh, ich denke, das tue ich.« Er besaß die Gabe sich *erleichtert* zu fühlen, während sie litt. Und sie hatte gedacht, dass er auch gelitten hatte.

Er rückte näher zu ihr und ragte aufgrund seiner Größe über ihr auf. »Tust du das? Weißt du, welche Qual ich empfinde, wenn ich von einer weiteren Seele höre, die im Kindbett gestorben ist? Gerade heute hat mir Mrs. Armstrong von einem Mädchen erzählt – einem Mädchen –, das zusammen mit ihrem totgeborenen Kind gestorben ist.«

Sie wehrte den Schmerz in seinem Tonfall ab. Verglichen mit ihren Nöten war es nichts. »Ja, das ist tragisch, aber das ist das Leben.«

»Und der Tod. Ich möchte dich nicht auf die Weise verlieren, wie du deine Mutter verloren hast, so wie ich meine Mutter und Schwester verloren habe.«

Sie reckte störrisch ihr Kinn, denn es belästigte sie, dass er *ihre* Mutter erwähnte, die sie im Alter von zwei Jahren verloren hatte, als sie Poppys jüngere Schwester zur Welt gebracht hatte und an die sie sich nicht einmal erinnerte. Ihre Erinnerungen bestanden einzig aus den Begebenheiten, die ihr von ihrem Vater und älterem Bruder Calder erzählt worden waren. Sie war auch sensibel dafür, wie tief Gabriel den Verlust seiner eigenen Mutter betrauert hatte, als er jung war. »Du kannst nicht durchs Leben gehen und den Tod fürchten. Er wartet auf uns alle.«

Seine Augen blitzten zornig auf. »Das weiß ich. Aber jetzt noch nicht. Nicht *jetzt*.«

Sie wollte, dass er ihren Kummer verstand. »Ich würde es riskieren. Willst du nicht etwas von uns in dieser Welt zurücklassen? Wenn du den Tod fürchtest, kannst du daran denken, wie Kinder, wie eine Familie uns unsterblich machen.«

Er starrte sie an und sein Kiefer arbeitete, während er die Zähne zusammenbiss und wieder losließ. »Ich habe zu viele Menschen verloren und dich zu verlieren wäre für mich der lebendige Tod.«

Hungrig nach einer verwandten Seele bäumte sich der Schmerz in ihrem Inneren auf. »Du hast genau beschrieben, wie ich mich fühle. Leer. Kalt. Allein.«

Sein Herz schlug ihm bis zum Hals. Er hob eine Hand und legte sie an ihre Wange. »Wie kannst du dich mit mir allein fühlen? Bin ich – ist meine Liebe – nicht genug?«

Das war sie nicht. Und doch war sie es. Meistens. Vielleicht. Sie wusste es nicht. Sie wusste nur, dass sie diese Herzschmerzen austreiben musste.

Sie hob die Hände und packte seine Jackenaufschläge. »Mach, dass es genügt. Mach sie zu *allem*.«

Gabriel sah ihr in die Augen, als die Erwartung zwischen ihnen immer stärker wurde. Sie fürchtete, dass er sich abwenden würde.

Das tat er aber nicht.

Er griff mit einer Hand nach ihrem Haar am Hinterkopf und zog die Haarnadeln heraus, während er ihren

Schädel hielt. Dann verschlang er ihre Lippen in einem sengenden Kuss mit den seinen.

Sie ergriff seine Frackaufschläge mit ihren Händen und zog ihn an sich, während sie ihm die Zunge in den Mund drängte und alles verlangte, was er ihr geben würde. Den anderen Arm hatte er um ihre Hüften geschlungen und er zog sie nah an sich heran, wobei er ihr Becken an seines presste.

Ein verzweifeltes Verlangen loderte in ihrem Inneren auf. Es unterschied sich von allem, was sie je erlebt hatte. Sie wollte, dass es – er – sie von der Qual in ihrem Herzen erlöste. Sie verwarf diesen Gedankengang und widmete ihm und dem Sturm, der sich zwischen ihnen zusammenbraute, ihre ganze Aufmerksamkeit.

Ihr Zorn, Schmerz und Verlangen vereinigten sich und tosten in ihr, als sie seinen Frack beiseiteschob, begierig darauf, ihn nackt auszuziehen und sich dem Einzigen hinzugeben, das ihr das Gefühl gab, vollständig zu sein. Vielleicht nicht vollständig, aber auch nicht völlig leer.

Gabriel zupfte an ihrem Haar und löste die Locken, bis sie spüren konnte, wie sie sich über ihren Rücken ergossen. Dann half er ihr dabei, ihm den Frack auszuziehen und ließ ihn achtlos auf den Fußboden fallen. Schnippend löste sie die Knöpfe seiner Weste, und rasch folgte dieses Kleidungsstück dem ersten. Mit einem Grunzen hob er sie in seine Arme und trug sie den kurzen Weg zu ihrem Schlafzimmer. Dort angekommen stellte er sie neben dem Bett ab und fing an, sie zu entkleiden, wobei er sich zügig und effizient bewegte.

Unbarmherzig.

Er schleuderte ihre Schuhe beiseite und drehte sie mit dem Rücken zu sich, um an den Schnüren ihres Kleides zu nesteln. Im Nu hatte sich das Kleidungsstück um ihre Füße gebauscht. Er schob ihr das Unterkleid am Körper hinab, bis es ebenfalls am Boden lag.

Genüsslich ließ er mit den Lippen und der Zunge winzige köstliche Küsse auf ihren Nacken herabregnen, als er ihr Korsett lockerte. Einen Augenblick später glitt es wie alles andere zuvor von ihrem Leib und sie war nur noch mit ihrem Unterhemd und Strümpfen bekleidet. Er küsste eine Spur an der Rückseite ihrer Schulter entlang, wobei er die Zähne sanft in ihr Fleisch grub, während er die Hände um sie herum schob und ihre Brüste durch die Baumwolle ihres Unterhemdes umfasste.

Angesichts der Grobheit seiner Berührung schnappte sie nach Luft, während er ihre Brustwarzen mit den Daumen und Zeigefingern packte. Plötzlich schoss eine rohe Begierde direkt bis in ihr Geschlecht. Sie wollte ihn jetzt.

»Gabriel, ich brauche dich.«

»Du wirst mich bekommen.« Er zog ihr Hemd hoch und entblößte ihren Hintern. »Beug dich vor.«

Sie kam seinem Befehl nach und stützte die Hände auf das Bett vor ihr, als sie sich aus der Taille heraus nach vorn beugte. Er drängte eine Hand zwischen ihre Oberschenkel, während er die andere unter ihr Hemd schob und es vorne leicht aufriss, um ihre Brust noch mehr zu quälen. Er legte die Hand darum und drückte, was ihr mehr Empfindungen entlockte als je zuvor.

Er streichelte ihr Geschlecht, und sie bog sich weit zurück, um seine Berührung noch intensiver zu genießen. Er schob einen Finger in sie und füllte sie aus. Sie schloss die Augen und krallte die Finger in die Bettdecke.

Er küsste sie seitlich am Hals, und dann knabberte er an ihrem Ohrläppchen. »Fühlst du dich jetzt leer?« Er stieß tief in sie hinein, und sie drückte sich nach vorn, wobei sie ihre Klitoris an der Matratze rieb.

»Nein.« Sie keuchte, als die Ekstase unaufhaltsam in ihr aufwallte.

»Gut.« Er schob zwei Finger in sie, und bewegte sie vor und zurück, womit er sie auf einen stürmischen Höhepunkt zu trieb.

Sie klammerte sich fest ans Bett und schaukelte mit den Hüften in seinem Rhythmus vor und zurück. Er ließ von ihrer Brust ab und dann schob er die Hand zwischen ihren Leib und der Matratze immer tiefer, bis er wieder und wieder an ihrer Klitoris schnippte und als er sie damit zum Höhepunkt brachte, explodierte sie in seinen Armen.

Ohne abzuwarten, bis sie sich vollständig erholt hatte, drehte sie sich um und zerrte an den Knöpfen seiner Reithose. Sobald sie offen war, beugte er sich vor, um seine Stiefel auszuziehen, und grunzte und fluchte dabei wegen der Anstrengung. Dann zog er ihr die Strümpfe von den Beinen, während sie sich das Unterhemd über den Kopf zog und es beiseite schleuderte.

Unter lautstarker Ungeduld entledigte er sich seiner restlichen Kleidung, kam aufs Bett und schob sie auf die Matratze. Er küsste sie mit wilder Leidenschaft und sie schwelgte in der Hitze und Verzweiflung ihrer Vereinigung. Nein, sie würde nicht denken. Sie würde nur fühlen.

Er bewegte sich bis zu ihren Brüsten hinunter und bahnte sich mit den Lippen und der Zunge eine Spur der vollkommenen Verzückung. Sie streckte eine Hand zwischen ihnen aus und als sie sein Geschlecht ertastete, krümmte sie die Finger um den Ansatz seines Schaftes. Er stöhnte und sie drückte und melkte ihn, indem sie die Hand nach oben zog und erneut nach unten stieß. Er bewegte die Hüften an ihr, und von seiner Feuchtigkeit wurde ihre Hand ganz schlüpfrig.

Abermals fanden seine Finger ihre Klitoris und er streichelte sie vehement, während er gleichzeitig an ihrer Brust saugte. Als die Lust erneut in ihr aufstieg, schrie sie auf.

»Erfülle mich««, bettelte sie. »Jetzt. Sorg dafür, dass die Leere verschwindet.«

Er erhob sich und blickte auf sie hinab. »Du bist nie allein, nicht solange ich hier bin.«

Der Schmerz in ihrem Inneren zerbarst, als er in sie drang. Sie zog ihn zu sich herunter, auf der Suche nach seinem Gewicht und der Sicherheit, die er ihr bot – er war wie ein Anker in diesem Tumult. Ihre Wangen waren von Feuchtigkeit benetzt, und sie betete, dass er es weder spüren noch sehen konnte. Sie wollte nicht denken. Sie wollte nur fühlen.

Und die Gefühle hatten die Führung übernommen.

Ja, er erfüllte sie, aber sie wusste, dass nichts daraus entstehen würde. Einmal abgesehen von der Ekstase, die in ihr aufflackerte, als er seine Stöße in ihren unfruchtbaren Schoß verübte. Oder der Art und Weise, wie ihr Körper auf ihn reagierte … die Beine um ihn geschlungen zog sie ihn immer tiefer und tiefer in sich, als ob es dieses Mal anders sein würde. Als ob die Heftigkeit ihrer Leidenschaft ihr Schicksal ändern könnte.

Sie wusste, dass dies nicht der Fall sein würde.

Dennoch hob sie ab. Sie stieg höher und höher, bis sie sich vor dem Abgrund fand. Dann küsste er sie und machte ihre Vereinigung damit noch vollständiger, als er sie erfüllte, wie sie es verlangt hatte.

Der Höhepunkt stürzte über sie herein und ließ sie in die Dunkelheit fallen. Allerdings wusste sie dieses Mal, dass die Dunkelheit siegen würde.

Dieses Mal hieß sie sie willkommen.

KAPITEL 3

Zeit war nicht eine von Poppys Freunden. Sie zählte die Tage und verfolgte ihren Zyklus und stets war sie sich bewusst, wann ihre Monatsblutungen beginnen sollten. Und dann war sie schmerzlich enttäuscht, wenn es soweit war. Es war ein bösartiges Spiel, bei dem sie unabänderlich immer wieder die Verliererin war, und sie fragte sich, was wohl geschehen würde, wenn sie dieses Spiel aufhörte.

Vielleicht würde sie aufhören, sich enttäuscht zu fühlen. Vielleicht würde sie sich neben ihrer Unfähigkeit, ein Kind zu bekommen, anderen Aspekten in ihrem Leben zuwenden.

Genau das sollte sie tun, aber es war unbeschreiblich schwer, die Kraft und den Mut dazu zu finden. Vor allem, wenn sie sich so allein fühlte.

Sie war allerdings nicht allein. Nicht wirklich.

Das Papier in ihren Händen – eine Botschaft ihrer Schwester Bianca – war der Beweis dafür. So wie auch Gabriel. Er hatte gestern Abend gelobt, sie nie allein zu lassen.

Nachdem er ihr eröffnet hatte, ihre Trauer über ihre Kinderlosigkeit nicht zu teilen.

Das zu erfahren hatte ein Loch in ihr Herz gerissen. Sie hatte immer geglaubt, dass sie beide in ihrem Wunsch, schwanger zu werden, einig waren, aber er war die ganze Zeit über erleichtert, dass sie es nicht wurde. Hatte er es sogar gehofft? Es war ein kleiner Unterschied, aber er war wichtig. Jedenfalls für sie.

Nachdem sie die Nachricht ihrer Schwester beiseitegelegt hatte, stand sie von ihrem Schreibtisch im Salon neben ihrem Schlafzimmer auf und schlenderte zum Fenster. Der graue und unscheinbare Tag war ein Spiegelbild ihrer inneren Stimmung.

Man sollte meinen, dass sie sich nach dem Liebesakt gestern Abend besser fühlen sollte. Es war eine außergewöhnliche Erfahrung gewesen – in Hinsicht auf die Körperlichkeit und das Gefühl. Letzten Endes war jedoch die Leere geblieben. Nun wünschte sie sich, dass er ihr seine wahren Gefühle nicht mitgeteilt hätte. Manchmal war Unwissenheit ein weitaus wünschenswerterer Zustand.

Ach verdammt. Sie wollte nicht ignorant sein. Und sich auch nicht länger in Trauer suhlen. Es war Zeit – dieses Wort provozierte sie zu einem kurzen, scharfen Lachen – diesem Spiel, das sie nicht gewinnen konnte, ein Ende zu machen. Zeit war genau das, was sie brauchte. Zeit, zu akzeptieren und sich neu zu orientieren.

Sie drehte sich vom Fenster weg und verließ den Salon auf der Suche nach Gabriel. Sie fand ihn unten in seinem Arbeitszimmer. Die Tür war leicht angelehnt, aber sie klopfte trotzdem leise an.

»Herein!«, rief Gabriel. Sie öffnete die Tür und trat ein. Er lächelte sie an und ließ den Blick in liebevoller Wertschätzung über sie hinweggleiten. »Du siehst heute wunderschön aus.«

Sie erwiderte sein Lächeln nicht, und trat auch nicht näher an seinen Schreibtisch. Sie war nicht bereit, sich mit ihm über die vergangene Nacht zu unterhalten und darüber, dass alles hinter sich zu lassen. *Zeit*, erinnerte sie sich. »Ich danke dir.«

»Ich hatte gehofft, wir könnten nachher einen Ausritt unternehmen, da der Tag recht schön ist.« In den letzten Tagen hatte es geregnet.

»Ich habe schon Pläne, fürchte ich.« Das hatte sie nicht wirklich. Sie stahl sich einfach nur Zeit. »Ich bin gekommen, um dir zu sagen, dass ich am Donnerstag mit meiner Schwester an Lord Thornabys Hausparty teilnehmen möchte.«

Gabriel lehnte sich in seinem Stuhl zurück. Er hatte die Einladung abgelehnt. Er mochte Thornaby oder seine Freunde nicht. »Du bist eine gutherzige Schwester, als Anstandsdame zu fungieren. Warum in aller Welt will sie überhaupt dorthin?«

»Aus einer Vielzahl von Gründen. Sie ist, wie du weißt, recht gesellig. Außerdem ist sie, wie du weißt, unverheiratet. Das ist eine Situation, die mein Bruder gewiss so schnell wie möglich beheben möchte.«

Gabriel schnaubte. »Dein Bruder ist ein Ekel.«

»Manchmal, ja.« Poppy seufzte. »Er ist trotzdem mein Bruder.«

»Chill ist *immer* eine Kröte - oder Schlimmeres.« Seit seiner Kindheit hieß ihr Bruder Chill, denn er war bis zum Tod ihres Vaters der Earl of Chilton gewesen. »Von dem Moment an, als ich ihn kennenlernte, längst bevor er den Titel geerbt hatte, war er ein Schuft. Seine Verwandlung von einem leichtsinnigen Wüstling in einen arroganten Grobian war gewiss interessant. Wie jemand seinen

Charakter tatsächlich noch zum Schlimmsten verändern kann, übersteigt mein Fassungsvermögen. Vor allen Dingen bei jemandem mit so reizenden Schwestern. Es ist, als ob er von anderen Eltern aufgezogen worden wäre.«

»Das ist er in gewisser Weise auch«, erwiderte sie leise. Es war nicht so, dass sie anderer Meinung als Gabriel war, aber heute wollte sie nicht mit ihm einer Meinung sein. »Er war mit unserer Mutter sehr viel länger zusammen gewesen als ich, während Bianca sie überhaupt nicht erlebt hatte. Calder war nicht immer so, wie du ihn beschreibst.«

»Das sagst du. Es hat den Anschein, als würde er sich immer weiter zurückentwickeln. Wir können nur Spekulationen anstellen, wie unangenehm er in einem weiteren Jahrzehnt sein wird.«

Ein Gefühl der Gereiztheit zog sich schlängelnd an Poppys Rückgrat hinauf. Sie wollte Gabriels Beleidigungen über ihren Bruder nicht hören, selbst wenn Calder sie vielleicht verdient hatte. »Die Hausparty dauert bis Samstag.« Abgesehen davon, Bianca dort zu beaufsichtigten, dachte Poppy, dass es hilfreich sein könnte, eine Weile Abstand von Gabriel zu haben. Sie könnte sich sogar entschließen, ein paar Tage mit Bianca auf Hartwood zu verbringen.

Er runzelte die Stirn. »Bist du wütend auf mich?«

Ihre Zunge wollte sich verknoten, als sie nach der richtigen Antwort suchte. Sie war sich nicht sicher, ob sie überhaupt eine Antwort hatte, ob nun die richtige oder eine andere. »Ich weiß nicht, was ich bin. Ich brauche bloß … etwas Zeit.« Sie straffte sich und nahm die Schultern zurück. »Ich habe es dir gesagt – ich versuche, mich an die Enttäuschung zu gewöhnen.«

Er stand auf und fing an, um den Schreibtisch herum zu gehen. »So muss das nicht unbedingt sein –«

Sie hob eine Hand hoch und schnitt ihm das Wort ab. »Bitte nicht. Ich möchte mir deine tröstenden Worte lieber nicht anhören. Offensichtlich könnten unsere Perspektiven nicht unterschiedlicher sein.«

Poppy drehte sich auf dem Absatz um und marschierte aus dem Arbeitszimmer hinaus zurück in den Salon. Sie setzte sich an ihren Schreibtisch und verfasste eine eilige Antwort für Bianca, die besagte, dass sie als ihre Begleiterin zu Thornabys Hausparty mitkommen würde.

Nachdem sie das Schreiben gefaltet hatte, erhob sie sich, um es zu einem der Stallburschen zu bringen, der es nach Hartwood befördern sollte. Während sie schon unten war, sollte sie sich vielleicht bei Gabriel entschuldigen. Er versuchte, verständnisvoll zu sein, wenngleich er erleichtert *war*, dass ihre Träume nicht in Erfüllung gingen.

Sie zuckte angesichts dieser Charakterisierung zusammen. Dennoch war genau das ihre Situation.

Es würde Zeit brauchen, bis dieser Bruch wieder verheilt wäre. Trotzdem sollte sie bei seinen Bemühungen nicht fauchen.

Sie nahm den Brief und lief zu seinem Arbeitszimmer zurück, um sich zu entschuldigen. Er war jedoch nicht da, also machte sie sich auf die Suche nach dem Butler und fragte ihn, ob er wüsste, wo Gabriel hingegangen sei.

»Er will einen Ausritt unternehmen, Mylady«, antwortete Walker. »Er ist erst vor wenigen Augenblicken aus dem Haus gegangen, falls Sie ihn noch erwischen möchten.«

»Danke, Walker. Lassen Sie diesen Brief bitte nach Hartwood bringen.«

Er nickte. »Sofort.«

Rasch ging Poppy ihren Umhang, den Hut und die Handschuhe holen, bevor sie zu den Ställen hinaus lief. Beinahe sofort wurde ihr klar, dass sie Stiefel hätte anziehen sollen, doch sie beabsichtigte nicht, sehr lange im Freien zu bleiben, und bis zum Stall war es nicht weit.

Eilig steuerte sie auf die Stallungen zu und entdeckte Gabriel, der zu Fuß vor ihr lief. Er änderte allerdings die Richtung, als er direkt auf einen Pfad abbog, der zu einer der Straßen des Anwesens führte.

Poppy folgte ihm, ohne den Versuch zu unternehmen, ihn einzuholen – er lief zu schnell für sie. Sie würde nach besten Kräften versuchen, ihn nicht aus den Augen zu verlieren, und wenn er stehenblieb, würde sie ihn einholen.

Sie liefen eine ganze Weile weiter, und sie fragte sich, warum er zu Fuß ging, anstatt zu reiten. Hatte sie ihm seine Pläne mit der Ablehnung seines Angebotes verdorben?

Er näherte sich einem Häuschen. Aus dem Schornstein stieg Rauch auf und eine Frau stand draußen. Poppy versuchte, sich in Erinnerung zu rufen, wer dort wohnte, aber es wollte ihr nicht einfallen. Wäre sie zu einer Antwort gedrängt worden, hätte sie sogar darauf beharrt, dass es leer stand.

Offensichtlich war dem nicht so.

Gabriel trat auf die Frau zu, seine Bewegungen voller Entschlossenheit, als er vor ihr stehenblieb. Sie hob das Gesicht, und Poppy erkannte sie aus Hartwell House. Mrs. Armstrong hatte sie als Mädchen bei sich aufgenommen.

Warum war sie in diesem Häuschen? Und warum wollte Gabriel sie sehen? Das Unbehagen ballte sich zu einem Knoten, der sich seinen Weg durch Poppys Eingeweide schlängelte.

Judith lachte – und es war ein herzliches, sanftes Geräusch, das vom Wind zu Poppy getragen wurde, und Gabriel stimmte ein. Eifersucht fraß sich in Poppys Brust, und sie sagte sich, dass sie sich lächerlich machte. Doch dann berührte er Judiths Arm, und sie drehte sich um und führte ihn in das Häuschen.

Poppy sollte hingehen und die beiden zur Rede stellen, aber ihre Füße waren fest mit dem Boden verwurzelt. Ein Dutzend unterschiedlicher Szenarien schwirrten in ihrem Kopf herum, doch immer wieder kehrte sie zu einem zurück – die beiden hatten eine Affäre.

Die Wurzeln rissen los und Poppy lief auf die Hütte zu. Mit jedem Schritt wurde der Knoten in ihrem Bauch fester.

Beim Erreichen der Tür erstarrte sie und ihre Entschlossenheit schwand. Was wollte sie tun? Wenn er eine Affäre *hatte*, würde dies eine sehr hässliche – und unangenehme – Konfrontation werden. Sollte das heißen, dass sie besser gehen sollte?

Nein, sie würde nicht eine einzige weitere Sache ertragen. Sie hob die Hand und klopfte laut gegen die Tür.

Einen Moment später öffnete Gabriel, der die Augen weit aufriss, als er sie draußen stehen sah. »Poppy?«

»Was ist hier los?« Sie hatte nicht beabsichtigt, so energisch oder taktlos zu fragen, aber ihre Geduld war einfach erschöpft. Sie schob sich durch die Tür und dann sah sie sich in dem kleinen Hauptraum um. »Wo ist Judith?«

Die junge Frau trat aus dem hinteren Teil des Häuschens hervor. Sie schob eine Strähne ihres blonden Haares hinters Ohr. »Lady Darlington!«

Gabriel und Judith warfen sich einen Blick zu, was ihnen den Anflug eines Schuldgefühls oder Verschwörung verlieh. Poppy verschränkte die Hände vor der Brust. »Judith, warum sind Sie nicht in Hartwell House?«

»Ich —«

Gabriel schnitt ihr das Wort ab. »Sie ist hier, weil sie sich um eine Frau kümmert, da es in Hartwell House keine Betten mehr gegeben hat. Anstatt Mrs. Armstrong zu gestatten, ihr eigenes Bett zur Verfügung zu stellen, habe ich darauf bestanden, dass die Frau in das leere

Häuschen zieht. Außerdem ist sie krank, und auf diese Weise kann sie ihre Krankheit nicht auf andere übertragen.«

»Abgesehen von Judith.« Poppy schürzte die Lippen. »Und anscheinend auch dich.«

»Wer ist da?«, rief eine weibliche Stimme aus dem Hinterzimmer. Darauf folgte ein Hustenanfall. Wer immer dort drin war, war wirklich krank. Es gab also keine Affäre. Poppy kam sich töricht vor, das auch nur gedacht zu haben. Gabriel war nicht diese Art von Ehemann.

»Meine Güte«, stieß Poppy hervor und dann marschierte sie an Gabriel und Judith vorbei in das kleine Schlafzimmer.

Die Frau im Bett hatte Schwierigkeiten, sich aufzusetzen, doch beim Anblick ihres runden Bauches war Poppy wie erstarrt. Sie zwang sich, tief Luft zu holen und trat an das Bett. »Lassen Sie sich von mir helfen.« Sie nahm die Frau beim Arm und legte ihr die andere Hand in den Rücken, als sie sich am Kopfteil des Bettes hinaufschob.

»Wer seid Ihr?« Die Frau sah Poppy misstrauisch an.

»Das ist Lady Darlington, meine Gemahlin.« Gabriel kam mit Judith auf den Fersen ins Schlafzimmer. »Poppy, das ist Dinah Kitson. Wie du siehst, ist sie nicht nur krank, sondern auch schwanger. Sie ist nach Hartwell House gekommen, aber Mrs. Armstrong hatte keinen Platz für sie. Ich habe ihr angeboten, hierzubleiben, und Judith hat sich freiwillig erboten, sie zu pflegen, bis das Kind kommt.«

Poppy drehte den Kopf zu ihm. »Wie lange ist sie schon hier, und warum hast du mir das nicht gesagt?«

Er spannte den Kiefer an und sein Blick zuckte zum Bett. »Erst seit gestern. Du warst beschäftigt.«

Das war sie allerdings nicht wirklich, und er hatte sie erst gestern Abend darauf angesprochen. Und das bedeutete, dass er ihr die Information absichtlich vorenthalten hatte. Weil Dinah schwanger war.

Sie richtete ihre Aufmerksamkeit wieder Dinah zu. »Vielleicht sollten Sie im Haus wohnen, damit ich mich um Sie kümmern kann. Dann kann Judith nach Hartwell House zurückkehren, wo sie gebraucht wird.« Poppy konnte sich nur zu gut vorstellen, dass Mrs. Armstrong nun einen Mangel an Hilfe hatte. Und doch hatte Poppy es vermieden, hinzugehen. Auf einmal fühlte sie sich sehr egoistisch.

»Was, wenn sie alle im Haushalt ansteckt?« Gabriel hatte recht.

»Nun gut, aber ich kann hierher kommen und mich um sie kümmern, damit Judith zurückkehren kann«, bot Poppy an.

Gabriel trat vor und nahm sie sanft beim Ellbogen, um sie dann aus dem Zimmer zu führen. »Poppy, ich will nicht, dass du krank wirst.«

Sie entzog ihm ihren Arm. »Du kannst mich nicht vor allem beschützen. Diese Frau braucht Hilfe, und Mrs. Armstrong braucht Judith.«

»Mrs. Armstrong hatte kein Problem damit, dass Judith herkam. Es wird ohnehin nicht lange dauern. Dinah geht es bereits besser, nachdem sie Medikamente genommen hat, und wahrscheinlich wird ihre Zeit schon bald kommen.«

Da war wieder dieses Wort.

Sein Blick war kühl. »Da du so besorgt um Mrs. Armstrong bist, solltest du vielleicht wieder Hartwell House besuchen.«

»Das habe ich vor. Nach der Hausparty. In der Zwischenzeit sorge ich dafür, dass Dinah gut versorgt ist. Der Arzt sollte kommen und sie untersuchen.«

»Er wird morgen herkommen«, antwortete Gabriel,

dessen Kiefermuskeln arbeiteten. Er redete mit leiser Stimme. »Poppy, ich wollte dich ihr nicht aussetzen.«

»Weil sie krank ist?«, fragte Poppy unschuldig und obwohl sie wusste, damit wahrscheinlich seinen Zorn anzustacheln, war sie nicht imstande, sich zurückzunehmen.

»Du weißt, warum. Erst vor Kurzem hast du es selbst gesagt – du versuchst, dich an Enttäuschungen zu gewöhnen.«

»Ja, das tue ich. Ich denke seltsamerweise, dass Dinah zu helfen – und nach Hartwell House zurückzukehren – genau das ist, was ich brauche.« Ja, die Zeit würde schneller vergehen, wenn sie sich anderen widmete. Und vielleicht wäre Zeit dann nicht mehr ihr Feind.

»Wenn du das glaubst.« Er klang nicht überzeugt. Aber es ging nicht um ihn.

»Ich schon. Jetzt lass mich bitte dafür sorgen, dass sich unsere Patientin wohl fühlt. Dann müssen wir auch noch alles für das Baby vorbereiteten.«

Der Gedanke, sich um ein Baby zu kümmern, und wenn es auch nur für kurze Zeit wäre, erfüllte Poppy mit Freude. Gabriel runzelte die Stirn und Poppy kehrte ihm und seinen Befürchtungen den Rücken zu. Sie ging ins Schlafzimmer … zurück zu der Frau, die sie endlich aus der Versenkung ihrer Trauer gerissen hatte.

Poppy setzte ihre Haube ab und lächelte Dinah an. »Ich freue mich so, dass Sie hier sind. Kann ich Ihnen etwas bringen?«

～

*D*ies entwickelt sich ganz und gar nicht so, wie Gabriel es geplant hatte.

Er stand in einer der Zimmerecken, während Poppy

sich mit Dinah und Judith darüber unterhielt, noch weitere Decken und Kissen vom Haus herzubringen.

»Wie steht es mit Büchern?«, fragte Poppy.

Plötzlich wirkte Dinah ... schüchtern. Das war kein Wort, das Gabriel ihr zugeschrieben hätte. »Mir gefallen Bücher über die Natur, wenn Sie welche davon haben. Und vielleicht Theaterstücke?«

Poppy nickte und wandte sich dann an Judith. »Warum sagen Sie mir nicht noch, was ich Ihnen für die Ergänzung der Küchenausstattung hier mitbringen kann, ehe ich gehe? Lebensmittel, Kochgeschirr, was immer Sie benötigen.«

»Vielen Dank, Mylady.« Judith zählte ein paar Dinge auf, und Poppy versprach, sie vor Tagesende bringen zu lassen.

Ein paar Minuten später verabschiedeten sie und Gabriel sich von den beiden. Gabriel fühlte sich, als wäre er von einem Wirbelwind hinausgefegt worden. Es war aufregend, Poppy so engagiert zu sehen, aber auch frustrierend, da er seine Absicht, mit Dinah über das Baby zu sprechen, nicht hatte verwirklichen können.

Und er war nicht bereit, das vor Poppy zu tun. Was würde geschehen, wenn Dinah seinen Vorschlag rundheraus ablehnte? Was, wenn sie ihn annehmen und anschließend ihre Meinung ändern würde? Wenn Dinah den Entschluss fassen sollte, ihr Baby in seine und Poppys Obhut zu geben, damit sie es aufzogen, wollte Gabriel wirklich sicher sein, dass dies auch tatsächlich geschah. Jedenfalls so sicher, wie er es sein konnte.

Als sie von dem Häuschen fortgingen, warf Gabriel einen Blick zu seiner Frau hinüber. Ihre Gesichtszüge waren unbeschreiblich zart, angefangen beim Schwung ihrer Wangenknochen bis zur Neigung ihrer Nase, doch die üppige Fülle ihrer Lippen rundete das ganze Bild ab.

Sie wirkte erhaben, und der Blick aus ihren schieferblauen Augen war entschlossen nach vorn gerichtet, während dunkle Locken ihre Schläfen umspielten. Er staunte darüber, wie sein Herz durch ihre Schönheit noch immer ins Stocken geraten und dann wieder im rasenden Takt schlagen konnte.

Doch was ging hinter diesem geliebten Antlitz vor sich? War sie noch immer wütend auf ihn? Das nahm er aufgrund ihrer gereizten Stimmung vorhin in seinem Arbeitszimmer an. Dann war sie an der Tür des Häuschens erschienen und scheinbar noch wütender gewesen.

»Wie kommt es, dass du bei dem Häuschen erschienen bist?«, fragte er.

»Ich bin dir gefolgt. Ich war zu deinem Arbeitszimmer zurückgekehrt, weil ich mich entschuldigen wollte, dass ich dich angefaucht habe, aber Walker sagte, dass du ausgeritten seist.« Sie warf ihm einen kurzen Blick zu. »Offenbar war das nicht der Fall.« Sie klang immer noch verstimmt.

»Ich hatte meine Meinung geändert.« Er kam zu dem Schluss, dass es für sie beide besser sei, reinen Tisch zu machen. »Was dachtest du, als du zum Häuschen gekommen bist?«

»Ich habe mich gefragt, warum du hergekommen bist, um dich ausgerechnet mit Judith zu treffen. Ich habe mich auch gewundert, warum sie nicht im Hartwell House war. Als ich euch beide zusammen sah …« Sie presste die Lippen aufeinander, und ihr Kiefer verkrampfte sich.

Gerade erst waren sie auf die schmale Straße hinausgetreten. Er blieb stehen und hielt sie sanft am Unterarm, um sie zu sich herumzudrehen. »Du hast gedacht, ich würde mich mit ihr zu einem geheimen Rendezvous treffen?«

Sie fuhr zu ihm herum und sah ihn mit gerunzelter Stirn an. »Ich wusste nicht, was ich denken sollte. Und weil du mir nichts davon gesagt hast, dass sie hier ist – oder über Dinah –, musste ich fragen.«

Er ließ von ihrem Arm ab. »Es tut mir leid, dir nichts gesagt zu haben. Ich wollte Mrs. Armstrong helfen. Nach dem gestrigen Abend und deinen Worten hatte ich befürchtet, dass Dinah dich aufregen würde.«

Für einen langen Moment hielt sie mit angespanntem Gesicht seinem Blick stand. »Ich wünschte, du hättest es mir sofort erzählt, aber ich kann verstehen, warum du das nicht getan hast.«

Gabriel rührte sich und verringerte den Abstand zwischen ihnen. Er nahm ihr Gesicht in seine Hände und zog dann die Kontur ihres Wangenknochens mit seinem Daumen nach. »Ich würde niemals eine Affäre haben. Es gibt auf Erden keine andere Frau, die mich dir wegnehmen könnte, das musst du wissen.«

Das Verlangen machte sich pulsierend in ihm bemerkbar. Er wollte ihr beweisen, wie wahr diese Worte waren, wie sehr er sie begehrte. Er brauchte sie. Er liebte sie. Er senkte den Mund auf ihren hinab und schob eine Hand in ihren Nacken, um sie festzuhalten, während er sie küsste.

Er wartete ihre Reaktion ab und fühlte sich innerlich wie ein Bogen gespannt ... Sie wich nicht zurück. Mit leichtem Griff umklammerte sie seine Taille und lehnte den Kopf zurück, damit ihre Lippen mit seinen verschmolzen.

Vollkommen übermannt küsste er sie noch inniger, indem er die Zunge an ihrer rieb. Sie kam ihm eifrig entgegen und grub die Finger in seine Seiten. Er drängte nach vorn, und sie zog mit den Händen rückwärts, um ihn an sich zu ziehen. Sein Schaft erwachte und verhärtete sich. Er wollte sicherstellen, dass sie es wusste ...

Er riss die Lippen von ihren los und nahm ihre Hand. Ohne ein Wort zu sagen, sah er sich um und marschierte den Weg zurück, den sie gekommen waren, bis sie bei einer Baumgruppe angelangt waren, die ihnen ein Mindestmaß an Privatsphäre bieten würde.

Als er von der Straße auf die Bäume zusteuerte, blieb sie stehen. »Wohin gehen wir?«

Er nickte in die Richtung. »Dorthin.«

Sie sah ihn an, als hätte er den Verstand verloren. »Warum?«, fragte sie.

Er zog sie an sich. »Weil ich dir beweisen will, dass du die Einzige für mich bist. Jetzt und für immer.« Wieder küsste er sie, aber es war nichts Zärtliches an seinem Kuss. Er nahm ihren Mund in Besitz und ihre Lippen, Zungen und Zähne prallten aufeinander.

Nach Luft schnappend zog sie sich zurück. »Ich trage keine Stiefel, und der Boden ...«

Erneut küsste er sie, denn er musste das Ende ihrer Worte nicht hören. Er schwang sie in seine Arme und trug sie hinter die Bäume, damit sie von der Straße nicht offen sichtbar waren. Sie schlang ihm die Arme um den Hals, während er die Umgebung in Augenschein nahm. Einer der Bäume besaß ein ausladendes, freiliegendes Wurzelwerk.

Mit dem Baum in ihrem Rücken setzte er sie auf die Wurzel.

»Das musst du nicht tun«, erklärte sie.

Er schob eine Hand unter ihren Umhang und ließ seinen Daumen über ihre Brust gleiten. Es war unmöglich, die Brustwarze unter ihrer Kleidung zu ertasten. Stattdessen legte er die Hand darum und drückte sie sanft zusammen. »Ich glaube, doch. Ich möchte jeden Zweifel ausmerzen, den du jemals haben könntest.« Er sah ihr in die Augen. Ihre Pupillen weiteten sich allmählich.

Er senkte den Kopf hinab und küsste sie direkt unter ihrem Ohr am Hals. Über ihre Haut leckend, bewegte er sich an ihrer Kehle hinab und fluchte dann wegen ihres Umhangs. »Du bist mein und ich bin dein.« Er zwickte und saugte ihre Haut und ließ sie aufschreien.

Er hob den Kopf und sah sie mit nackter Begierde an. »Sag mir, wenn ich aufhören soll. Wenn du das willst.«

Sie schüttelte den Kopf. Dann legte sie ihre gespreizte Hand an seine Kehle und fuhr ihm mit dem Daumen über die Lippen. »Hör nicht auf.«

Er saugte ihren Finger zwischen seine Lippen. Sie schloss die Augen und ließ den Kopf mit einem leisen Stöhnen in den Nacken fallen. Abermals küsste er sie leise knurrend und dieses Mal mit wilder, leidenschaftlicher Begierde. Ihre Finger bohrten sich in sein Fleisch, und er wünschte, sie würde keine Handschuhe tragen. Oder irgendetwas anderes.

Seine eigenen Handschuhe waren ein verdammt lästiges Ärgernis. Rasch zog er sie aus und dann hob er den Saum ihres Rockes. Es kostete einige Mühe, die einzelnen Stofflagen ihrer Kleidung zu fassen, aber er brachte es fertig, sie um ihre Taille zu bauschen.

Sie keuchte in seinen Mund und dann wich sie leicht zurück. »Kalt.«

»Ich werde dich aufwärmen.« Er strich über ihren Schenkel bis er auf ihr Geschlecht traf. Gott, sie war so feucht. Als er einen Finger in ihre Tiefen tauchte, war er froh, die Handschuhe abgelegt zu haben. Die Bewegungen ihrer Hüften zogen ihn noch weiter in sie hinein, während sie sich an seinen Schultern festhielt.

Das war vollkommener Irrsinn, aber er war über jedes rationale Denkvermögen hinaus. »Halte deine Röcke fest«, krächzte er, als er von ihrem Körper abließ und sich daran zu schaffen machte, seine Reithosen zu öffnen.

Sie tat, was er verlangte. »Beeil dich.« Um die Sache –

auf bestmögliche Weise – zu unterstützen, hob sie ein Bein und schlang es um seine Hüfte.

Er befreite seinen Schaft und presste ihn an ihr Geschlecht. Sie ließ ihr Kleid los und packte seine Hüften mit einem klammernden Griff, wobei sie ihn zu sich heran riss. Er drang in sie ein, und ihr Stöhnen erfüllte die Luft mit erotischer Verheißung.

Er legte die Hände um ihren Hintern und hob sie hoch »Schling beide Beine um mich und lass nicht los.«

Er hielt sie zwischen seinem Körper und dem breiten Baumstamm eingeklemmt und betete, dass es so funktionieren würde, und sie nicht in einem unbeholfenen Wirrwarr zu Boden stürzten. Doch mit dem zweiten Stoß erkannte er bereits, dass das nicht lange dauern würde. Die Lust toste in ihm und ihre Muskeln fingen bereits an, sich um ihn anzuspannen. Er ließ sich gehen und stieß tief in sie hinein, als ein überwältigendes Gefühl von Leidenschaft und Besitz sich seiner bemächtigte.

Er sah auf ihr entrücktes Gesicht. »Schau mich an.«

Sie schlug die Augen auf und das Graublau war von verführerischer Begierde verschleiert. »Du bist mein, und ich bin dein«, wiederholte er. »Sag es.«

»Du bist mein, und ich bin dein.«

Er drang tief in sie ein und in diesem Moment hasste er ihren Schoß – oder seinen Schaft, was auch immer es war, dass ihren Traum vereitelte. Sogar wenn dieser ihn zu Tode ängstigte. »Jetzt und für immer.«

Sie hob die Hand, um sein Gesicht zu berühren. »Jetzt und für immer.« Ihre Lider flatterten, und ihre langen, dunklen Wimpern streiften über die Haut ihrer Wangen, als sie die Augen schloss. »Vorzugsweise *jetzt*.«

Ihre Muskeln spannten sich heftig um ihn an und ihr Aufschrei zerriss die Luft. Er brummte und dann heulte er auf, als er sich in ihr erlöste. Sie hielten sich aneinander fest, als ob die Wucht ihrer Höhepunkte genau das bewirken würde, was er befürchtet hatte, und sie zu Boden stürzen ließ.

Er vergrub das Gesicht in ihrem Nacken und atmete ihren süßen Honigduft ein. Sie drückte ihn an sich, ihre Hände fühlten sich für seinen zitternden Körper wie ein kräftiger Anker an.

Er ließ sie sinken und zog sich aus ihr zurück, während er die Luft tief in seine Lungen sog. Ihre Röcke rutschten zwischen ihnen hinab, und sie lehnte sich heftig atmend gegen den Baum.

Während er seine Reithosen wieder zuknöpfte, wandte sie sich von ihm ab und nutzte den Moment, um sich in Ordnung zu bringen. Als sie ihm erneut gegenüberstand, war sie wieder die erhabene Schönheit, die das Häuschen verlassen hatte. Seine wilde, feurige Geliebte war verschwunden.

Die Spannung zwischen ihnen zog sich in die Länge und er fragte sich langsam, ob sie jemals abflauen würde.

Vorsichtig fragte er: »Was ist los? Bist du immer noch wegen Judith und Dinah verärgert?«

»Sexuelle Befriedigung ist keine Lösung.«

»Dem würde ich widersprechen«, erklärte er, da er sich überaus befriedigt fühlte. Er ernüchterte allerdings. »Es tut mir leid, dir nichts gesagt zu haben.«

»Ich danke dir.« Sie presste die Lippen zusammen und saugte kurz daran, ehe sie die Luft ausstieß. »Ich brauche etwas Zeit, um mich daran zu gewöhnen, was du mir gestern Abend gesagt hast. Keine Kinder zu haben ist für mich unvorstellbar quälend. Zu erfahren, dass es für dich nicht so ist, dass du damit zufrieden bist, kinderlos zu bleiben, ist ebenfalls schmerzhaft. Ich brauche ... Zeit.«

Er sah sie mit einem schwachen Lächeln an. »Wir haben eine Ewigkeit.«

Sie lächelte nicht, aber sie runzelte auch nicht die Stirn. »Ja, das haben wir.«

Er bot ihr seinen Arm und war froh, als sie sich für den Rückweg zum Haus bei ihm unterhakte. »Zufrieden ist nicht das richtige Wort. Es ist nicht so, dass ich keine Kinder möchte, vor allem, weil ich weiß, was für eine wundervolle Mutter du wärst.«

Sie versteifte sich und er wünschte, das nicht gesagt zu haben. Wenn er noch einmal darüber nachdachte, dann wünschte er sich das doch nicht. Es war die Wahrheit. Und wenn er in den letzten Tagen – und auch heute – etwas gelernt hatte, dann bestand das Gelernte darin, ihr stets die Wahrheit zu sagen, auch wenn es schmerzhaft war.

Sie liefen einige Minuten lang schweigend nebeneinander her. Er fragte sich, was in ihren Gedanken vorging. Wurde sie abermals von ihrer Melancholie ergriffen, oder war sie auf Dinah konzentriert? Bei Letzterem konnte er ihr eventuell Beistand leisten, wenngleich es ihm nicht recht war, dass sie sich mit der Frau einließ. Bei genauerer Überlegung jedoch, war es vielleicht das Beste. Dinah würde möglicherweise Poppy das Baby anbieten.

Und vielleicht sollte er sich darauf konzentrieren, den Riss zwischen ihm und seiner Frau zu kitten. »Wie viel Zeit brauchst du?«, fragte er leise.

»Das weiß ich nicht. Lass uns noch einmal darüber reden, wenn ich von Thornhill zurück bin.«

Gabriel verabscheute die Stolpersteine zwischen ihnen, aber er musste einräumen, dass er allein den Weg nicht ebnen konnte. Er würde Geduld haben müssen. Es gab einfach nichts, was er sonst tun konnte.

KAPITEL 4

*N*achdem Gabriel am folgenden Tag zum Hartwell House aufgebrochen war, ging Poppy zu Fuß zum Häuschen. Sie trug einen Korb mit Keksen von der Köchin und einem Theaterstück, von dem sie hoffte, dass es Dinah gefallen würde.

Obwohl Judith ihr am Vortag gesagt hatte, sie müsse nicht anklopfen, tat Poppy es trotzdem. Einen Moment später antwortete Judith. »Ihr müsst nicht –«

»Klopfen. Ich weiß, aber ich glaube nicht, mit dieser Gewohnheit brechen zu können. Ich habe Kekse von der Köchin mitgebracht.« Sie übergab Judith den Korb, als sie das Häuschen betrat.

»Wie wundervoll!« Judith warf einen Blick hinein. »Was ist denn sonst noch darin?«

»Ein Theaterstück. Ich dachte, ich könnte Dinah vorlesen, wenn sie zugänglich ist.«

Judith zog kurz die schönen Augenbrauen hoch. »Seit Dr. Fisks Besuch vorhin ist sie etwas unleidlich.«

»Oh, er war also schon da?« Poppy hatte gehofft, bei seiner Ankunft hier zu sein.

Judith nickte. »Er hat ihr aufgetragen, sich so viel wie möglich auszuruhen, und damit kommt das Theaterstück nicht ungelegen, ob sie Euch das Vorlesen nun erlaubt oder nicht. Er hat auch etwas Gänsedistelmilch hier gelassen, die ihr gegen den Husten helfen soll. Ich war gerade dabei, einen Tee daraus zu kochen. Ich bereite Euch eine Tasse zu – ohne Gänsedistel«, fügte sie grinsend hinzu.

»Ich danke Ihnen. Ich komme zurück, um das Theaterstück zu holen, wenn alles klappt.« Sie zwinkerte Judith zu, ehe sie nach hinten zum Schlafzimmer ging. »Guten Tag, Dinah«, rief sie warnend, ehe sie über die Schwelle trat.

Dinah, die auf der Bettkante saß und ihr dunkelblondes Haar bis auf ein paar Strähnen, die über ihre linke Wange streiften, auf dem Oberkopf zusammengenommen hatte, grunzte daraufhin.

»Wollen Sie irgendwo hingehen?«, fragte Poppy.

»Nur zu dem Sessel. Ich kann es nicht aushalten, die ganze Zeit in diesem Bett zu bleiben.«

»Natürlich können Sie das nicht. Brauchen Sie Hilfe?«

Dinah starrte sie zur Antwort schweigend an und um ihre dunkelbraunen Augen zuckte es. Poppy biss sich auf die Unterlippe, damit ihr nichts herausrutschte, und dann drehte sie sich zu einem Haken an Wand um, an den sie ihren Umhang und die Haube hängte.

Als sie sich wieder zu Dinah umwandte, hatte diese sich gerade in den Sessel gesetzt und ließ ihren zierlichen Körper langsam hineinsinken, sodass sie weitaus älter als die schätzungsweise zwanzig Jahre wirkte, die sie tatsächlich war. Dinah drehte ihren runden Bauch dem Kamin zu, der sich zwischen diesem Zimmer und dem Hauptraum befand, in dem Judith den Tee zubereitete.

Poppy zog ihre Handschuhe aus und schob sie in die Taschen ihres Umhangs. Da es nur den einen Sessel gab, ging sie auf die schmale Bank zu, die am Fußende des Bettes stand, und schob sie näher an den Kamin, damit sie bei Dinah sitzen konnte.

»Wie fühlen Sie sich heute?«, fragte Poppy in einem leutseligen Ton.

»Gut.«

»Ich habe Kekse mitgebracht und Judith kocht Tee.«

Dinah zog die Augen zusammen »Was für Kekse?«, fragte sie Poppy.

»Zitronenkekse.« Ein Leuchten blitzte in Dinahs Augen auf. »Mögen Sie Zitrone?«, fragte Poppy.

Sie blinzelte den Anflug von Interesse weg, und sogleich war die stoische, junge Frau zurückgekehrt. »Ja.«

»Ich nehme an, dass Sie schon mal Zitronenkekse gegessen haben?«

»Ein paar Mal.«

Poppy hatte versucht, von Dinah Informationen über ihre Vergangenheit in Erfahrung zu bringen, insbesondere über die Umstände, die zu ihrem Zustand geführt hatten. Sie war nicht verheiratet – das zumindest hatte sie verraten. »Wissen Sie, wie sie gemacht werden?«

Dinah schüttelte den Kopf. »Die Köchin sagte, dass es nicht schwer sei.« Sie riss kurz die Augen auf und dann drehte sie den Kopf, um stirnrunzelnd ins Feuer zu starren.

Judith kam mit einem kleinen Tablett herein, auf dem ihre zwei Tassen Tee und ein Teller mit Keksen standen. Sie sah sich um und fragte sich offensichtlich, wo sie die Sachen abstellen sollte.

Poppy klopfte auf den freien Platz auf der Bank neben sich. »Stellen Sie das Tablett hierhin. Danke, Judith.«

Nachdem sie die Vesper abgestellt hatte, entfernte Judith sich. Poppy nahm den Teller hoch und bot ihn Dinah mit einem Lächeln an. »Bitte sehr.«

Zögerlich nahm Dinah einen der Kekse, und ihr Blick war dabei so wachsam wie nie zuvor, als ob sie damit rechnen würde, dass Poppy ihr das Gebäck aus den Fingern reißen könnte. Sie nahm einen Bissen, und als ihr Gesichtsausdruck sich entspannte, verwandelte er sich in eine Freude, die Poppy noch nie zuvor auf Dinahs Gesicht erblickt hatte.

»Ich lasse die Köchin noch eine weitere Portion backen«, erklärte Poppy, ehe sie sich selbst einen Keks nahm und den Teller wieder abstellte.

»Ja, bitte«, antwortete Dinah, ehe sie ihren Bissen auch nur hinuntergeschluckt hatte. »Sie sind köstlich.«

»Ich bin froh, dass sie Ihnen schmecken. Die Köchin, die Sie erwähnten – war das Ihre Köchin?« Poppy glaubte das nicht, aber sie wollte keine Vermutungen anstellen.

Dinah lachte, als sie über die Stuhllehne hinweg nach einem weiteren Keks angelte. »Nein, meine Mutter hat das ganze Kochen übernommen, als ich jung war. Bis ich zur Arbeit ging, in die Spülküche in der ...« Mit einem Biss in ihren Keks schnitt sie alles weitere ab, was sie hatte sagen wollen.

Poppy hob ihre Teetasse. »Sie waren Dienstmagd in der Spülküche?«

»Ein paar Jahre lang.« Sie knabberte weiter an ihrem Keks.

»Hat Ihnen das gefallen?«

»Nicht besonders. Ich war erleichtert, als ich zum Zimmermädchen im Obergeschoss befördert wurde.«

Aber dann war sie schwanger geworden. Poppy fragte sich, von wem und warum dieser Schurke sie nicht geheiratet hatte. »Haben Sie die Stelle aufgegeben, als Sie schwanger geworden sind?«, fragte sie leise.

»Sozusagen.« Ihre Antwort war kurz angebunden und in ihren Augen loderte die Wut.

»Hat man Ihnen gekündigt?« Als Dinah in das Feuer starrte, fügte Poppy leise hinzu: »Wegen des Babys?«

Dinah nagelte Poppy mit einem wütenden Blick fest. »Es war nicht meine Schuld. Mein Dienstherr hat mich gezwungen und mir gedroht, dass ich meine Stellung verlieren würde, wenn ich ihn nicht gewähren ließe.«

Die Wut, die von Dinah ausstrahlte, schlug in Poppy Funken und entfachte damit ein Feuer. »Wer hat das getan?«, fragte sie, mit leiser, zornbebender Stimme.

Dinah mahlte mit dem Kiefer und hob ihre Teetasse ungehalten auf, wobei einige Tröpfchen auf die Bank und den Boden spritzten. »Das spielt keine Rolle.«

»Doch das tut es.« Poppy wollte den Mann höchstpersönlich konfrontieren.

»Und was würdet Ihr unternehmen?«, fragte Dinah und zog eine dunkelblonde Augenbraue hoch.

Stirnrunzelnd ließ Poppy die Schultern sinken. Manchmal fühlte man sich als Frau vollkommen hilflos. Wenn sie ein Mann wäre, könnte sie den Schurken zumindest zu einem Duell herausfordern. Voller Mitgefühl drehte sie sich zu Dinah und antwortete: »Es tut mir so leid.«

»Ich bin nach Hause gegangen, aber meine Eltern haben mich auch nicht gewollt. Eine Nachbarin nahm mich auf, bis alle anfingen, sie zu meiden.« Dinah schniefte, dann hustete sie. Es dauerte einen Moment, bis sie den Anfall wieder unter Kontrolle hatte, aber nicht so lange, wie bei ihrer Ankunft. Sie nippte an ihrem Tee und dann stellte sie die Tasse wieder ab. »Ich will das Baby nicht. Es ist nichts als eine Last für mich.«

Poppy starrte sie an. Sie wollte ihr Kind nicht? »Das kann nicht Ihr Ernst sein. Ein Kind ist ein Geschenk.«

Dinah blinzelte sie an. »Was hat mir dieser Unglückswurm außer Herzschmerz und Armut eingebracht? Ich habe meine Arbeit und meine Unterkunft verloren. Ich habe keine Zukunft mehr.«

Zu hören, wie sie sich auf diese Weise über das Kind äußerte, krampfte Poppy das Herz zusammen, und dennoch konnte sie die Perspektive der Frau nachvollziehen. Dieser Mann – und das daraus resultierende Kind – hatten ihr die wenigen Möglichkeiten geraubt, die sie gehabt hatte.

»Hartwell House ist genau der richtige Ort für Sie. Mrs. Armstrong hilft Frauen wie Ihnen.«

Dinahs Augen blitzten herausfordernd. »Es gibt keinen Platz.«

»Wir werden Platz schaffen.« Poppy war entschlossen, dieser Frau zu helfen. »Wenn das Baby alt genug ist, können Sie wieder eine Stellung annehmen. Vielleicht können wir Sie sogar hier in Darlington Abbey anstellen.«

Vehement schüttelte Dinah den Kopf. »Nein. Ich werde nie wieder als Hausangestellte arbeiten.«

Das konnte Poppy ihr nicht verübeln, aber es wäre etwas anderes, wenn sie hier angestellt wäre. »Auf Darlington Abbey wären Sie sicher. Und Sie könnten Ihr Baby haben.« Poppy war sich nicht sicher, wie sie das anstellen sollten, aber sie würden es bewerkstelligen. Sie hatte eine vage Vision, sich persönlich um das Kind zu kümmern. Der daraus resultierende Schmerz war stark – und gefährlich. Sie schob ihn beiseite.

»Ich sagte *nein*.« Dinah erstickte einen Hustenanfall und nahm einen weiteren Keks, den sie sich in den Mund schob.

Poppy fuhr innerlich zusammen. Sie wollte Dinah nicht aufregen und möglicherweise einen Hustenanfall provozieren. »Also gut. Sie könnten in Hartwell House einen Beruf erlernen. Schneidern vielleicht.«

»Ich will nicht schneidern. Oder kochen. Oder putzen.«

Sie biss die Zähne zusammen. Poppy war sich sehr wohl bewusst, wie sehr sich diese arme Frau in die Enge getrieben fühlen musste.

Poppy setzte sich schräg zu Dinah und beugte sich vor. »Was möchten Sie tun?«

Das Feuer, das tief in Dinahs Augen loderte, erlosch. Sie sah auf ihren Bauch hinab. »Ihr werdet lachen.«

»Das werde ich nicht. Ich verspreche es.«

»Seit ich ein kleines Mädchen war, wollte ich Schauspielerin werden.« Ihr Tonfall war plötzlich verhalten und schüchtern. Sie hob den Blick, doch dann wandte sie ihn schnell wieder ab, um ihn auf einen Punkt hinter Poppy zu richten. »Mein Vater hat mich einmal zu einer wandernden Theatertruppe mitgenommen. Die Schauspieler waren so schön und haben so eine zauberhafte Geschichte erzählt.« Sie wirkte, als ob sie wieder dort bei ihnen sei und diesen Moment noch einmal erlebte.

»Was für eine Geschichte war das?«, fragte Poppy, die von Dinahs Träumereien ganz hingerissen war.

Dinah blinzelte und sah Poppy an. »Ich weiß es nicht mehr, aber ich glaube, es war Shakespeare. Es ging um eine Feenkönigin und einen König und Liebende.« Lächelnd stieß sie die Luft aus und Poppy musste ebenfalls lächeln.

»Das klingt eventuell wie *Ein Sommernachtstraum*.«

"Es war wunderschön. Ich wollte eine Fee sein. Dann wurde mir klar, dass es Feen gar nicht gab, also müsste ich Schauspielerin werden, damit ich so tun könnte, als wäre ich eine.« Sie legte eine Hand auf ihren Bauch. »Jetzt weiß ich nicht, wie ich das je schaffen soll. Es war ein alberner Traum.«

»Nein, das war es nicht. Träume sind nicht albern, und man sollte sie nicht aufgeben.« Sie dachte an ihren eigenen, der nie wahr werden würde, und ihr Blick schweifte zu Dinahs Bauch. *Du solltest nicht aufgeben.* Das war anders

– sie konnte eine Schwangerschaft nicht herbeiführen, egal wie sehr sie es versuchte, betete oder sich wünschte. Sie konnte ihren Traum jedoch auf andere Weise verwirklichen. Direkt vor ihr saß eine Frau, die behauptete, dass sie ihr Baby nicht wollte ...

»Gibt es in diesem Bezirk ein gutes Waisenhaus?«, fragte Dinah und riss Poppy aus ihren egoistischen Gedankengängen.

Waisenhaus? Dann könnte Poppy sich anbieten, das Kind aufziehen ... *Nein.*

»Ich weiß es nicht, aber ich denke nicht, dass Sie so etwas in Betracht ziehen sollten. Ich weiß, dass Ihnen das jetzt vielleicht überwältigend vorkommt, aber wenn Sie das Baby bekommen und erst einmal sein Gesicht gesehen haben, werden Sie Ihre Meinung ändern. Sie werden sich auf der Stelle verlieben.« Poppy stellte sich das zumindest so vor. Ihre Lungen verkrampften sich und sie musste um Luft ringen.

»Ich kann mir das nicht vorstellen««, erklärte Dinah.

»Das heißt aber nicht, dass es nicht passieren wird. Geben Sie sich - und dem Kind – eine Chance. Hat es nicht verdient, seine Mutter kennenzulernen?«

Dinah nahm die Tasse und nippte an ihrem Tee.

Poppy nutzte ihr Schweigen als Gelegenheit, ihre Überzeugungsarbeit fortzusetzen. »Sie könnten im Hartwell House bleiben, vielleicht sogar für ein paar Jahre, bis das Kind etwas älter ist. Sie können einen Beruf erlernen – damit Sie etwas Arbeit haben, während Sie versuchen, Schauspielerin zu werden.« Poppy hatte keine Ahnung, wie sie das überhaupt anstellen sollte, aber sie war entschlossen, dieser jungen Frau, der so viel genommen worden war, Mut zuzusprechen. »Sie könnten Ihre Zeit mit dem Lesen von Theaterstücken verbringen. Vielleicht könnten Sie mit den Kindern dort eine Aufführung organisieren.«

Dinahs Augen weiteten sich vor Entsetzen. »Eine Aufführung mit Kindern organisieren? Ist das überhaupt möglich?«

Poppy entwischte ein Kichern und sie schlug sich mit der Hand vor den Mund. Dann passierte etwas überaus Bemerkenswertes – Dinah begann ebenfalls zu lachen.

Nach einem langen Moment heiteren Gelächters verstummten sie und Dinah gähnte.

»Sie sollten etwas schlafen«, erklärte Poppy und erhob sich. Sie nahm das Tablett und Dinah knabberte mit einem Lächeln am allerletzten Keks. »Ich bin gleich wieder da und helfe Ihnen, sich ins Bett zu legen.« Poppy trug das Tablett in das andere Zimmer zu Judith.

Als Poppy zurückkehrte, war Dinah bereits im Bett und hatte die Decke bis zum Kinn hochgezogen. »Ich vermute einmal, dass Sie mich nicht brauchen«, bemerkte Poppy.

Dinah sah sie mit einem schüchternen Blick an. »Ich danke Euch. Niemand hat mir je das Gefühl gegeben, von Bedeutung zu sein, oder dass ich Hoffnungen haben könnte.« Sie schüttelte den Kopf. »Unwichtig.«

Poppy sah sie mit einem freundlichen Lächeln an. »Ich verstehe. Sie *sind* wichtig, insbesondere für das Baby, das Sie tragen. Ich hoffe, dass Sie darüber nachdenken, was ich gesagt habe.«

Dinah schloss die Augen, ohne darauf zu antworten. Poppy stand einen Moment still da und wünschte sich, etwas unternehmen zu können, um die Misere dieser Frau zu lindern, doch gewisse Abschnitte einer Reise verliefen in Einsamkeit. Poppy lernte dies gerade, während sie versuchte, ihren Weg dorthin zurückzufinden, wo sie hingehörte. Wo sie sein wollte. Unversehrt und glücklich.

Poppy machte kehrt und nahm ihren Umhang und die

Haube, als sie das Zimmer auf Zehenspitzen verließ. Im Hauptraum setzte sie sich die Haube auf den Kopf und legte sich den Umhang über die Schultern.

»Ist sie eingeschlafen?«, fragte Judith, die herzukam, um Poppy beim Anlegen ihres Umhangs zu helfen.

»Danke«, bedankte Poppy sich. »Ja.« Sie machte den Umhang zu und knüpfte das Band ihrer Haube unter ihrem Kinn zu einer Schleife.

»Ich habe gehört, was Ihr zu Dinah gesagt habt. Ihr seid ein gutherziger Mensch, Mylady.«

Wenn Judith in Poppy hineinsehen könnte, würde sie das nicht von ihr denken. Sie wollte unglaublich egoistisch sein, und sie hatte diese Gelegenheit gehabt ... Warum hatte sie sie nicht ergriffen? Noch wichtiger war allerdings die Frage, wie sehr sie es bereuen würde, wenn sie dies nicht zu ihrem Vorteil nutzte und genau das tat, was sie Dinah geraten hatte - ihren Traum zu verwirklichen?

Vielleicht würde sie das nicht müssen. Dinah schien ziemlich entschlossen, ihr Kind nicht aufzuziehen. Ihr eine andere Alternative anzubieten, wäre so einfach und vielleicht sogar willkommen. Aber Poppy würde das nicht ausnutzen. Dinah war die Mutter des Kindes, und Poppy würde alles tun, was ihr möglich war, damit sie zusammenblieben.

~

*D*ie frühe Nachmittagssonne verschwand hinter einer Wolke und die bereits beinahe eisige Temperatur sank noch weiter. Gabriel beschleunigte seine Schritte, als er in Richtung Dinahs Häuschen voraneilte.

Obwohl Poppy erst wenige Stunden fort war, vermisste Gabriel sie. Es war allerdings nicht die Zeit, seit ihres Aufbruchs, um ihre Schwester zur Hausparty abzuholen, sondern wegen der letzten Tage. Sie hatte in einem anderen Schlafzimmer geschlafen und viel Zeit mit Dinah in der Hütte verbracht.

Er freute sich auf Poppys Rückkehr und darauf, dass die Dinge dann wieder so sein konnten, wie sie gewesen waren. Wenn das überhaupt möglich war.

Beim Gedanken daran, was die Kluft zwischen ihnen hervorgerufen hatte, setzte sich hartnäckiges Unbehagen in Gabriels Verstand fest. Er hatte es mit seinem Mangel an Verständnis für Poppys Qualen und dem fortgesetzten Leid, das sie weiterhin ertragen musste, selbst verursacht. Seine Erleichterung war ihr Schmerz. Die Ungerechtigkeit dessen riss ihn beinahe entzwei.

Dennoch fand er ein bisschen Trost in der Gewissheit, sie nicht auf die Weise zu verlieren, wie er seine Mutter und seine Schwester verloren hatte. Wie sie ihre Mutter verloren hatte.

Gabriel bog von der Straße ab und schlug den Weg zur Tür des Häuschens ein. Ehe er die Schwelle erreichte, bat Judith ihn schon herein.

»Ich habe Euch vom Fenster aus näherkommen sehen«, erklärte sie.

Er trat ein, und sie zog die Tür hinter ihm ins Schloss. Im Inneren der Hütte war es warm und gemütlich und es roch nach gebackenem Brot.

Gabriel sog den Duft tief ein. »Wie lange dauert es, bis das Brot fertig ist?«

Judith lächelte. »Nicht lange. Ich werde Euch eine Scheibe abschneiden.«

»Wenn Sie darauf bestehen.« Er grinste und warf dann einen Blick zum Hinterzimmer. »Wie geht es Dinah?«

»Sie liest gerade.«

Gabriel blinzelte sie an. »Tatsächlich?«

"Shakespeare. Lady Darlington hat neulich »*Ein*

Sommernachtstraum« mitgebracht. Sie hat einen beachtli-
chen Eindruck auf Dinah gemacht. Jetzt überlegt sie
tatsächlich, ob sie das Baby behalten soll.«

Sie hat *was* getan? Gabriel kaschierte seinen Schock
und die Enttäuschung. »Was hat denn ihren Sinneswandel
bewirkt?«

»Das war Lady Darlington.«

Tatsächlich? Gabriel war vollkommen verwirrt. »Ich
bin überrascht. Dinah war vom ersten Moment, als wir sie
kennengelernt haben, felsenfest überzeugt gewesen, dass
sie das Baby nicht wollte.«

Judith nickte. »Lady Darlington hat sie überzeugt, dass
sie ihre Entscheidung bereuen würde und sie sich unwieder-
bringlich in ihr Kind verliebt, sobald es einmal geboren ist.«

Das klang ganz nach seiner Frau. Wenngleich Gabriel
das Kind für Poppy wollte, war er von ihrem selbstlosen
Benehmen gerührt. Das Kind zu nehmen würde sie berei-
chern, aber was war mit Dinah? Was, wenn sie bedauerte,
es nicht behalten zu haben? Er war mit der Absicht hier-
herkommen, Dinah vorzuschlagen, dass Poppy und er das
Baby aufziehen. Jetzt konnte er das nicht tun, und schon
gar nicht, wenn Poppy daran arbeitete, Dinah davon zu
überzeugen, es zu behalten.

»Ich dachte, ich hätte Stimmen gehört.«

Gabriel drehte sich um und sah Dinah auf der
Türschwelle zum Schlafzimmer stehen. Sie trug ein loses
Gewand, aber nichts konnte den fortgeschrittenen
Zustand ihrer Schwangerschaft verbergen. Dr. Fisk hatte
Judith gesagt, dass das Baby jederzeit kommen könnte.

»Guten Tag Dinah«, begrüßte er sie.

»Habt Ihr Zitronenkekse mitgebracht?«, fragte sie.

»Das habe ich nicht.« Er sah zu Judith. »Hätte ich das
tun sollen?«

»Ja«, antwortete Dinah. »Lady Darlington bringt sie jetzt immer mit.«

»Das habe ich nicht gewusst. Ich werde dafür sorgen, dass Sie vor Einbruch des Abends welche bekommen.« Er ging auf sie zu. »Judith sagte, dass ihre Ladyschaft Ihnen auch etwas zu lesen mitgebracht hat.«

»Das hat sie. Ich mag sie. Sie ist sehr gütig.«

»Das ist sie in der Tat. Ich bin der glücklichste aller Männer.«

»Ich werde wieder zu Bett gehen.« Dinah drehte sich um und watschelte in das Schlafzimmer zurück.

Gabriel folgte ihr und er war sich noch nicht sicher, was er zu sagen beabsichtigte.

Sie kletterte in das Bett und wirkte mit ihren hochgezogenen Augenbrauen leicht überrascht, als sie die Bettdecke über ihren Bauch zog. »Ich dachte, Ihr würdet die Kekse holen.«

Er lächelte. »Das werde ich. Judith hat mir erzählt, dass Sie ihre Meinung in Bezug darauf, das Baby zu behalten, geändert haben.«

Tiefe Furchen gruben sich in Dinahs Stirn. »Ich denke darüber nach. Ich habe Lady Darlington gebeten, mich deshalb nicht mehr zu behelligen, und wenn Ihr also hier seid, um ihren Angriff fortzusetzen, würde ich Euch gern bitten, das nicht zu tun.«

»Das werde ich nicht.« Der Widerstreit tobte in Gabriel – er wollte Poppys Mission unterstützen, aber er wollte auch dieses Baby für sie. Für Poppy.

Für sich selbst. Vielleicht wollte er viel lieber Vater sein, als er sich bewusst gewesen war. Sein Magen krampfte sich zusammen und er tat sein Bestes, um diese Empfindung zu ignorieren.

»Dinah, ich möchte Ihnen versichern, dass für Ihr Baby

gesorgt sein wird, egal, wie Sie sich entscheiden. Wir werden dafür Sorge tragen.«

»Ihr und Lady Darlington seid die gutherzigsten Menschen, die ich je kennengelernt habe, und das schließt meine eigene Familie ein.« Sie schüttelte den Kopf. »Ich verstehe nicht, warum.«

Und jetzt fühlte Gabriel sich wie ein Schwindler. Von seinen eigenen Wünschen und Beweggründen einmal abgesehen, wollte er ihr selbst dann helfen, wenn sie das Baby behalten würde. »Wir kehren den Bedürftigen nicht den Rücken zu.«

»Ihr verbringt viel Zeit in Hartwell House, wie ich erfahren habe.«

»Das tun wir.«

»Wie lange seid Ihr und Lady Darlington verheiratet?«, fragte sie.

»Im Februar werden es drei Jahre sein.«

»Und Ihr habt keine eigenen Kinder?«

Er schüttelte den Kopf. »Das haben wir nicht.«

»Ich war nicht sicher. Ich hatte angenommen, dass sie von einem Kindermädchen oder einer Gouvernante beaufsichtigt würden, wenn Ihr welche hättet. Das tun die Leute in Euren Kreisen.«

Gabriel wusste, dass sie aus Erfahrung sprach, als sie seine »Kreise« erwähnte. »Waren Sie ein Kindermädchen? Oder eine Gouvernante?«

»Nein, ich habe in der Spülküche gearbeitet. Und als Zimmermädchen.«

»Tatsächlich?«

Dinah sah ihn argwöhnisch an. »Hat Lady Darlington Euch das nicht erzählt?«

Gabriel beherrschte sich, damit er nicht seufzte. Poppy hatte ihm in letzter Zeit nicht viel anvertraut. Er kam zu dem Schluss, dass es keine gute Antwort auf Dinahs Frage gab, also ignorierte er sie. »Ich werde dafür sorgen, dass Sie Zitronenkekse bekommen.«

»Würdet Ihr mir bitte mein Buch geben, ehe Ihr geht?«

Der Band, der aus seiner Bibliothek stammte, lag auf dem Nachttisch. Gänzlich innerhalb ihrer Reichweite, aber sie hätte sich aufrichten müssen, um es zu erreichen. Gabriel reichte ihr das Theaterstück. »*Ein Sommernachtstraum* ist mein Lieblingsstück von Shakespeare.«

Sie legte das Buch auf ihren Bauch, da sie derzeit keinen Schoß hatte. »Als ich ein Kind war, habe ich einmal eine Aufführung gesehen – von einer Wandertruppe. Wenn ich die Worte lese, kann ich die Vorstellung in meiner Fantasie wieder sehen.«

Zum ersten Mal erspähte er in den Tiefen ihre normalerweise besorgten Augen etwas Freude. Sie hatte diesen Blick, wenn sie über das Stück sprach, aber er hatte ihn noch nie gesehen, wenn sie von dem Baby sprach. Er fragte sich, ob Poppy wusste, wie Dinah schwanger geworden war. Hoffentlich käme er dazu, sie zu fragen. Wenn sie heimkehrte und die Normalität wieder eingekehrt wäre.

»Dann werde ich Sie nicht weiter stören«, antwortete er mit einem Nicken auf das Buch.

Er drehte sich um und als er die Türschwelle erreichte, rief sie: »Vergesst die Kekse nicht, bitte.«

Er sah über seine Schulter zurück, aber sie war bereits in das Stück vertieft. Er beobachtete sie für einen Augenblick und sah sie – zu seiner Schande – zum ersten Mal als einen Menschen mit Hoffnungen und Träumen und einem Baby, das sie vielleicht nicht wollte. Oder vielleicht wollte sie es. So oder so war sie allein und verarmt … ohne Aussichten für eine Zukunft. Ja, er musste mit Poppy über sie sprechen. Was immer mit dem Baby geschähe, konnten sie Dinah nicht wegschicken, ohne ihr Hilfe anzubieten. So waren sie nicht.

Vorausgesetzt, sie überlebte.

Die dunkle Stimme tauchte aus dem Hintergrund seines Verstandes auf. Die versteinernde Angst brodelte auf, die immer dann wach wurde, wenn er an den Verlust seiner Mutter und seiner Schwester dachte. Er konnte sie größtenteils unter Kontrolle halten, aber er hatte Dinah kennengelernt, und falls sie stürbe … *Wenn* sie stürbe. Denn er hatte jede Erwartung, dass es so kommen musste. Und verdammt, wenn das – seine Erwartung – nicht grauenhaft war.

Er versuchte, die Finsternis zurückzudrängen, als er in den Hauptraum trat. Judith überreichte ihm einen Teller mit einer dicken Scheibe Brot, die mit Butter bestrichen war. Er glaubte nicht, sie an dem Kloß vorbeizwängen zu können, den er in der Kehle hatte. Dennoch nahm er den Teller.

»Ich habe sie nach den Keksen fragen hören«, bemerkte Judith.

»Ja, ich werde später welche von einem Dienstboten bringen lassen.« Zuerst musste er nachsehen, ob die Köchin überhaupt welche zur Hand hatte.

In Gabriels Innerem rumorte es unbehaglich. »Wie werden Sie in Hartwell House mit Verlust fertig? Wenn Menschen sterben, meine ich.«

Judith riss kurz die Augen auf. Um ihren Mund gruben sich Fältchen in ihre Haut, als sie über seine befremdliche Frage nachzudenken schien. Er war kurz davor, ihr zu sagen, dass sie die Frage vergessen sollte, als sie antwortete: »Es ist schwierig, insbesondere, wenn wir die Verstorbene gut gekannt haben. Wir betrachten es allerdings immer als Segen für die Betreffenden, dass sie nicht länger zu leiden haben. Und wir hoffen, dass sie an einen Ort des Friedens und der Liebe übergegangen sind.«

Die Tränen brannten Gabriel in der Kehle. Er schluckte

schwer und betete, dass er sich vor Judith keine Blöße geben würde. Er nahm einen Bissen von seinem Brot, aber nicht, weil er wollte, sondern um seinem Körper etwas zu tun zu geben, abgesehen davon, sich seiner Trauer hinzugeben.

Das Brot war köstlich und Gabriel war überrascht, als er gierig die ganze Scheibe verspeiste. Das Aroma, die Schlichtheit, die Sorgfalt, mit der Judith es für ihn zubereitet hatte, spendeten ihm Trost.

Das Zimmer um ihn herum nahm schärfere Konturen an, als er sich mit einer Klarheit umblickte, die er noch nie zuvor hatte. Er gab Judith den geleerten Teller zurück. »Danke. Für alles.« Er lächelte sie an und dann drehte er sich um und ging davon.

So viele Jahre hatte er damit verbracht, den Tod zu fürchten, dass er nicht erkannt hatte, wovor er sich in Wahrheit fürchtete und was er so angestrengt zu vermeiden versucht hatte – Trauer. Der Gedanke, Poppy zu verlieren, hatte ihn daran gehindert, so zu leben, wie er hätte leben sollen, ohne Sorge über Dinge, die er nicht kontrollieren konnte.

Endlich verstand er Poppys Perspektive. Oder das hoffte er zumindest. Er liebte sie über alle Maßen und dass sie in ihrer Trauer ohne ihn an ihrer Seite – *wirklich* an ihrer Seite – gelitten hatte, drohte, ihm das Herz zu brechen.

Glücklicherweise konnte er das wiedergutmachen. Er konnte Poppy zeigen, dass der Verlust, die *Trauer,* etwas war, was sie teilten. Sie war nicht allein.

Und das war auch er nicht.

KAPITEL 5

»**B**ist du verärgert, weil wir früh abgereist sind?«, fragte Bianca, als sie und Poppy am Tag nach Beginn der Hausparty in der Kutsche von Thornhill abfuhren.

»Natürlich nicht. Ich bin nur als deine Anstandsdame mitgekommen«, entgegnete Poppy. Das stimmte nicht ganz. Sie hatte auch die Gelegenheit begrüßt, einige Zeit von Gabriel getrennt zu verbringen. Durch ihre verfrühte Abreise würde sich ihre Verschnaufpause verkürzen, aber wenn sie ehrlich zu sich selbst wäre, würde sie zugeben, dass sie ihn vermisste.

Mit einer Hand strich Bianca glättend über ihr Kleid. »Und ich bin sehr dankbar dafür. Da du bereits so hilfsbereit bist, kannst du mir vielleicht noch in Bezug auf Calder Beistand leisten. Wir brauchen nach dem heutigen Debakel mit Thornaby und den anderen jetzt dringend einen Gastgeber für das Fest am zweiten Weihnachtstag.«

»Es war ein Debakel?« Da Poppy zu weit entfernt gewesen war, hatte sie nicht genau mit angehört, was bei dem Schießwettbewerb passiert war, der während

Thornabys Hausparty stattgefunden hatte, aber Bianca
sagte, dass der Gastgeber und seine Freunde den Earl of
Buckleigh drangsaliert hatten. Was auch immer vorgefallen war, hatte ausgereicht, um den Earl of Buckleigh zu
vertreiben und auch Bianca und Poppy.

»Das war es für Ash – und für mich.«

»Du nennst ihn schon wieder Ash«, murmelte Poppy.
Sie kannten den Earl seit ihrer Kindheit. Er hatte in Hartwell gelebt, bis er nach Oxford und später nach London
gegangen war. Gerade erst dieses Jahr war er zurückgekehrt, nachdem er den Titel von seinem Cousin geerbt
hatte, womit er im Grunde nie gerechnet hatte.

Bianca warf ihr einen ärgerlichen Blick zu. »Du weist
schon wieder darauf hin.«

Poppy lächelte in sich hinein. Wie sie ihre Schwester
liebte. Und wie schön es war, mit ihr zusammen zu sein,
und weit weg von ihren eigenen Sorgen.

»Es war besonders schlimm wegen dem Fest am
zweiten Weihnachtstag«, erklärte Bianca. »Ich hatte
gehofft, dass Thornaby das Fest auf Thornhill ausrichten
würde – es ist nach Hartwood das nächstgelegene
Anwesen zu Hartwell.«

»Er wird es nicht ausrichten?«, fragte Poppy, da sie
diese Tatsache wohl früher verpasst haben musste.

»Ich habe ihn nicht gefragt. Ich *kann nicht*.« Bianca zog
eine Grimasse. »Er ist so grässlich.«

Poppy wandte den Kopf und sah ihre Schwester an. Sie
war recht schnell und leidenschaftlich zu Ashs – *Buckleighs*
– Verteidigung herbeigeeilt. War da etwas zwischen den
beiden?

»Bianca, hast du eine Schwäche für den Earl?«, fragte
sie leise und formte die Lippen dabei zu einem verhaltenen
Lächeln. Wie wundervoll es wäre, wenn sich ihre
Schwester verliebte. Poppy bezweifelte, dass Calder dieses

Glück hätte. Mit seiner Kleinlichkeit und Herzenskälte machte er sich eher unbeliebt.

Bianca blinzelte und dann wandte sie ihre Aufmerksamkeit dem Fenster zu. »Sei nicht albern. Wir sind alte Freunde.«

Nach Biancas Verhalten zu urteilen, schien es mehr als das zu sein, aber Poppy würde sie in dieser Angelegenheit nicht drängen. Sie erinnerte sich, wie sie sich in Gabriel verliebt hatte. Sie hatten beim Weihnachtsfest zusammen getanzt und sie war sofort von seinem Charme und guten Aussehen hingerissen gewesen. Er hatte sie zum Lachen gebracht und sie hatte die Tage – es waren zwei – gezählt, bis er sie auf Hartwood besucht hatte.

Der dritte Jahrestag ihres Kennenlernens stand kurz bevor, wie ihr mit bittersüßem Schmerz bewusst wurde. Würden sie ihn feiern? Oder würden sie noch immer uneins sein? Sie hoffte nicht.

»Geht es dir gut?«, fragte Bianca, als sie sie mit einem ängstlichen Blick ansah. »Ich meine, ich weiß, dass die Dinge nicht …« Sie unterbrach sich abrupt und schüttelte den Kopf. »Es steht mir nicht zu, das zu fragen. Du sollst nur wissen, dass ich für dich da bin, wenn du mich brauchst.«

Poppy war ihrer Schwester für ihre Sorge um sie dankbar. Es war nicht so, als würde sie versuchen, alles vor ihr zu verheimlichen, aber warum sollte sie ihre Probleme jemand anderem aufbürden? Insbesondere dann, wenn nichts dagegen unternommen werden konnte.

»Danke.« Poppy berührte Bianca sanft am Arm. »Du bist die liebste Schwester.«

»Calder würde dem nicht zustimmen«, entgegnete sie trocken und entlockte Poppy ein heiteres Lachen.

»Nein, vermutlich nicht. Ich frage mich allerdings, ob

er sich jemals wieder zurückverändert«, sinnierte Poppy. »Um wieder mehr zu sein, wie er einmal war.«

Bianca stieß die Luft aus. »Das kann ich mir leider nicht vorstellen, vor allem, weil er sich weigert, das Fest am zweiten Weihnachtstag auszurichten, wie es alle anderen Herzöge vor ihm getan haben. Ich werde weiterhin versuchen, ihn zu überzeugen, keine Sorge.«

»Natürlich wirst du das. Und wenn es jemand schafft, dann du. Aber du hast recht. Ich befürchte, dass er sich einen undurchdringlichen Panzer zugelegt hat und das bricht mir das Herz.«

»Er braucht eine Frau«, erklärte Bianca und richtete ihr Rückgrat gerade. »Irgendjemanden, der ihn handhaben kann und ihn dazu bringt, wieder zu fühlen. Liebend gern würde ich wissen, was ihn so verwandelt hat.« Sie sah zu Poppy hinüber. »Oder habe ich einfach eine rosigere Erinnerung daran, wer er war, ehe er zur Schule ging? Ich war noch sehr jung.«

»Nein, du erinnerst dich richtig an ihn. Er war liebevoll und fürsorglich. Er hatte stets einen Scherz auf den Lippen, wenn du dir das vorstellen kannst.«

»Das kann ich wirklich. Ich erinnere mich, wie ich zusammen mit ihm gekichert habe.« Bianca runzelte die Stirn. »Was sein Verhalten noch verrückter macht. Und bedauerlicher.« Sie drehte den Kopf zu Poppy herum. »Was vermutest du, was passiert ist?«

Poppy dachte, dass sie es wusste – oder zumindest eine ziemlich gute Vorstellung davon hatte. »Ich bin sicher, dass es wenigstens teilweise mit Felicity zu tun hatte.«

Bianca legte den Kopf schief. »Ich hatte sie ganz vergessen. Siehst du, ich *war* noch klein. Was war passiert?«

Felicity Templeton, jetzt Garland, hatte seinerzeit mit ihren Eltern in Hartwell im Dorf gewohnt. Wenn Poppy darüber nachdachte, wie anders ihr Bruder einst gewesen war, sah sie ihn auch immer mit Felicity vor ihrem inneren Auge. »Calder hatte sie heiraten wollen. Aus Gründen, die sich mir nie erschlossen, heirateten sie allerdings nicht. Sie ist stattdessen mit ihrer Familie nach York gezogen.«

»Ihre Mutter ist im vergangenen Jahr nach Hartwell zurückgekehrt, nachdem ihr Ehemann verstorben war, glaube ich.« Bianca sah zum Fenster hinaus. »Ich sehe sie nicht sehr oft. Eigentlich sollte ich sie besuchen. Vielleicht werde ich das tun.«

Poppy lächelte. »Du hast solch ein liebevolles Herz. Sag mir Bescheid, wenn du gehst, und ich werde dich begleiten.«

»Wie damals, als wir Hartwell House zusammen besucht haben«, meinte Bianca grinsend. »Erinnerst du dich, als wir anfingen, dorthin zu gehen?«

Poppy nickte. »Vater hatte gesagt, wir würden zu viele Bücher lesen und sollten etwas anderes tun.«

Bianca kicherte. »Also haben wir unsere Bücher mit zum Hartwell House genommen und den Kindern vorgelesen.«

»Und dann haben wir ihnen das Lesen beigebracht«, fügte Poppy mit einem Anflug von Stolz hinzu. Sie beide taten diese Dinge noch immer, allerdings nicht mehr gemeinsam. In der letzten Zeit hatte Poppy diesbezüglich jedoch gar nichts mehr unternommen.

Sie verfielen für einen Augenblick in Schweigen, ehe Bianca erneut das Wort ergriff. »Glaubst du, dass Calder seitdem ein gebrochenes Herz hat?«

»Das ist vermutlich möglich, aber ich bin nicht sicher, ob es wirklich der Fall ist. Gabriel hat mir alles über Calders Betragen in London erzählt, als er noch jünger war. Es klingt für mich nicht, als wäre er auf Felicity fixiert gewesen.«

Bianca zog eine Augenbraue hoch. »Ich verstehe.«

Und einfach so lenkte die Erwähnung von Gabriel sie wieder zu ihren eigenen Problemen zurück. So sehr sie Bianca auch bei ihren Verhandlungen mit Calder helfen wollte, musste sie nach Hause zurückkehren. Dieses ganze Gerede über Calder und was für ein Mensch er früher gewesen war, führte sie zu der Erkenntnis, dass sie bereit war, wieder die Person sein zu wollen, die sie früher einmal war.

Und dennoch ließ sie das Anliegen ihrer Schwester in Bezug auf das Fest am zweiten Weihnachtstag nicht völlig fallen. »Bianca, möchtest du, dass ich hereinkomme und mit dir zusammen mit Calder rede?«

»Ich glaube nicht, dass es etwas ausmachen würde«, erklärte sie resigniert. »Er ist sowieso oft in seinem Arbeitszimmer beschäftigt – und es ist nicht gesagt, ob er uns überhaupt empfängt.«

»Sicherlich wird er zum Essen kommen«, bemerkte Poppy.

»Um ehrlich zu sein, bin ich nicht sicher, ob ich die Geduld habe, mit ihm zu Abend zu essen. Nicht nach den Ereignissen heute.«

Die Angelegenheit mit Ash hatte Bianca äußerst tief berührt. Poppy behielt diese Beobachtung für sich.

Nachdem sie sich von ihrer Schwester verabschiedet hatte, drängte Poppy den Kutscher zur Eile, damit sie Darlington Abbey noch vor Einbruch der völligen Dunkelheit erreichten.

～

*T*rotz einer Reihe Wolken leuchtete das Mondlicht Gabriel den Weg zum Haus zurück. Sein Magen war nach der Mahlzeit im Häuschen erfreulich zufrieden. Abgesehen davon, ein ausgezeichnetes Brot zu backen, bereitete Judith auch einen Eintopf zu, bei dem einem das Wasser im Munde zusammenlief.

Als er ins Haus trat, fühlte er sich von einer aufregenden Vorfreude erfüllt. Morgen würde Poppy zurückkehren. Seine Aufregung erinnerte ihn an die Vorabende des Nikolaustages, als seine Familie Geschenke auszutauschen pflegte. Er hatte damals stets kaum einschlafen können und sich gefragt, was er am nächsten Morgen erhalten würde.

Mit dem Entschluss, ein Glas Portwein zu trinken, ehe er nach oben ging, steuerte er auf sein Arbeitszimmer zu und lief seinem Butler auf dem Weg dorthin in die Arme.

»Guten Abend, Mylord«, begrüßte Walker ihn. »Lady Darlington ist zurückgekehrt.«

Das in Gabriel vibrierende Gefühl der Vorfreude nahm zu. »Wo ist sie?«

»Oben, nehme ich an.«

Gabriel strebte bereits auf die Treppe zu, eher er sich daran erinnerte, Walker zu danken. So sehr er das Abendessen im Häuschen auch genossen hatte, wünschte er sich jetzt, er wäre stattdessen zuhause geblieben. Er nahm zwei Stufen auf einmal.

Das Feuer im Salon prasselte leise vor sich hin und eine einzelne Lampe flackerte auf dem Schreibtisch vor dem Fenster. Gabriel ging ins Schlafzimmer und blieb abrupt stehen. Vor dem Feuer stehend, mit einem Körper, der sich unter dem cremefarbenen Nachthemd abzeichnete, war die Frau, von der er träumte. Die Frau, die sein Herz in den Händen hielt – genau dort, wo er es haben wollte.

Sie drehte sich um und er hielt die Luft an – wegen ihrer Schönheit, aber auch, weil er nicht wusste, was ihn erwartete. Würde sie ihn abweisen? Nein, sie war hier, in ihrem gemeinsamen Schlafzimmer, anders als in den Nächten vor ihrer Abreise.

»Du bist hier«, flüsterte er.

»Ich bin hier. Bianca wollte Thornhill früh verlassen.«

»Ist etwas vorgefallen?«

»Thornaby und seine Freunde – die, die du nicht magst – haben unseren alten Freund Ash drangsaliert.« Sie schüttelte den Kopf. »Den Earl of Buckleigh.«

Gabriel kannte Buckleigh. Sie hatten sich bei verschiedenen Gelegenheiten in London getroffen und Gabriel war ihm in Hartwell begegnet, seit er zum Earl ernannt worden war. »Ich hatte ihn zum Abendessen einladen wollen.«

Ein halbes Lächeln teilte ihre Lippen und Gabriels Herz tat einen Satz. »Tatsächlich? Wir waren vermutlich zu beschäftigt gewesen. Oder abgelenkt.« Gabriels Kehle zog sich zusammen und sie fuhr fort weiterzusprechen, ehe er sich gesammelt hatte. »Es gab einen Schießwettbewerb und obwohl ich nicht hören konnte, was gesagt wurde, hatte Bianca es verstehen können.«

»Warum war das so?«, unterbrach Gabriel.

»Weil sie darauf bestanden hatte, zu schießen und dann in der Nähe des Wettbewerbs stehen geblieben war, nachdem sie sie haben schießen lassen. Natürlich nicht im Rahmen des Wettbewerbs, sondern nur um ihre Fähigkeiten unter Beweis zu stellen.«

Gabriel schmunzelte. »Ich bin nicht überrascht, dass sie diese Gelegenheit verlangt hat. Und das hat sie gut gemacht.« Seine Schwägerin war wahrscheinlich die furchtloseste und selbstbeherrschteste Person, die er kannte.

»Was immer zwischen den Gentlemen vorgefallen ist, hat Buckleigh in genügendem Maße verstimmt, dass er die Party verlassen hat. Bianca hat darauf bestanden, dass wir das Gleiche tun.«

»Um Solidarität zu zeigen?«

»Ich bin nicht sicher. Sie sagt, dass sie und Buckleigh

nur Freunde sind, aber sie hat ihn wiederholt ›Ash‹
genannt.«

»Du hast gerade das Gleiche getan«, bemerkte er.

»Das habe ich«, entgegnete sie mit einem Lachen. »Wir
kennen ihn schon seit einer Ewigkeit, wie es scheint. Abgesehen davon, war sie allerdings sehr verärgert darüber, was
sich zugetragen hatte. Leidenschaftlich verärgert, würde
ich sagen.« Sie sah Gabriel direkt an. »Der einzige Mann,
bei dem ich mich leidenschaftlich fühle, bist du.«

Gabriels Puls beschleunigte sich. Sein Herz pochte und
pumpte sein Blut dröhnend durch seine Gehörgänge.
Hatte er sie richtig verstanden? Nach wenigen Schritten
stand er vor ihr. »Poppy, ich denke, ich verstehe, was du
durchgemacht hast. Das hatte ich vorher nicht. Oder ich
hatte es zumindest nicht gewollt. Ich hätte deine Trauer
teilen sollen – *unsere* Trauer – aber ich konnte es nicht.«

Sie ergriff seine Hände. »Ich weiß. Ich hätte das nicht
von dir erwarten sollen. Ich weiß, wie tief der Tod deiner
Mutter und deiner Schwester dich getroffen hat.«

Er hatte ihr Verständnis nicht verdient. »Sag das nicht.
Ich habe dich im Stich gelassen, und du musstest allein
damit fertig werden, was passierte. Oder, wie dem auch sei,
nicht passierte. Ich war zu verängstigt.« Er drückte ihre
Hände. »Ich habe immer noch Angst.«

Sie rückte näher zu ihm und hob die Hände an sein
Gesicht, um es festzuhalten, während sie ihm in die Augen
blickte. »Ich weiß, aber das musst du nicht.«

Er legte die Hand um ihre Taille und drückte sie an
sich. »Ich wünschte, dass ich die Dinge ändern könnte. Ich
wünschte, dir ein Kind machen zu können. Oder zehn.«
Sie sah ihn mit hochgezogener Augenbraue an und lachte
leise. »Sind das zu viele?«

»Auf einmal, ja«, entgegnete sie trocken.

Er grinste. »Dann eben nicht auf einmal.« Er ernüchterte und schlang die Arme um sie. »So verängstigt, wie ich bin, möchte ich dennoch Vater sein und es bricht mir das Herz, dass ich dich nicht zur Mutter machen kann.«

Poppy stellte sich auf die Zehenspitzen und flüsterte: »Mein Liebling. Wir sind trotzdem eine Familie.« Sie küsste ihn und ihre Lippen waren warm und weich unter den seinen.

Ein Damm der Emotionen brach in seinem Inneren. Er schwang sie in seine Arme und vertiefte den Kuss, denn er war verzweifelt, ihr zu zeigen, wie viel sie ihm bedeutete und wie leid es ihm tat. Allerdings war sie es, die ihm es zeigte – sie verflocht die Finger mit seinem Haar, als sie ihren Körper an seinen presste und sich ihm in süßer Unterwerfung darbot.

Nach einem innigen Kuss, der sie bis ins Mark bewegte, zog sie ihn Stück für Stück aus und jedes Mal, wenn sie einen neuen Körperteil enthüllte, presste sie die Lippen darauf. Er legte eine Hand um ihren Schädel, als sie seinen Schritt aufknöpfte, um ihn von seinem letzten Kleidungsstück zu befreien. »Was habe ich getan, um dich zu verdienen?«

»Rede keinen Unsinn«, entgegnete sie mit einem zärtlichen Lächeln. »Wir haben einander verdient.« Sie zog ihm seine Hose aus und befreite seinen Schaft. Dann ließ sie sich auf die Knie sinken, als sie ihm das Kleidungsstück vollständig an den Beinen herabzog. Sie umschloss ihn mit einer Hand am Ansatz, während er sich bemühte, seine Hose abzustreifen.

Ehe er ihr noch sagen konnte, dass sie aufhören sollte, da er derjenige wäre, der sie verehren wollte, nahm sie ihn in den Mund. Ihre dunklen Locken fielen über ihre Wangen bei dem steten Auf und Ab ihres Kopfes, während ihre Lippen seine Haut streiften.

Gabriel vergrub die Finger in ihrem Haar und hielt sie,

damit er nicht in das dunkle Vergessen trudeln würde. Er nahm einzig sie wahr – den festen Griff ihrer Hand, den sanften Druck ihres Daumens, das Gleiten ihrer Zunge, die Hitze ihres Mundes. Er bewegte die Hüften und musste sich beherrschen, um nicht in sie zu stoßen.

Plötzlich war es einfach zu viel. Er zog sich von ihr zurück und beugte sich hinab, um sie in die Arme zu nehmen. Er trug sie die paar Schritte bis zum Bett und legte sie darauf, ehe er sich zwischen ihren Beinen positionierte.

Er packte den Saum ihres Nachthemds, aber sie zog es bereits hoch und entblößte sich Zentimeter um Zentimeter für ihn. Er lächelte in sich hinein, als sie dabei absichtlich langsam vorging. Es war lange Zeit her, seit sie ihn verführt hatte.

Im gleichen Moment, in dem sie ihm ihr Geschlecht offenbarte, beugte er sich vor. Sie spreizte die Beine für ihn, aber er legte die Handflächen an die Innenseiten ihrer Oberschenkel und schob sie noch weiter auseinander, damit sie seinem Blick vollkommen ausgesetzt war. Sie war so wunderschön mit ihren strahlend rosa Schamlippen und der glänzenden Scheide. Er war voller Demut, weil sie ihm ihren Körper anbot, und er wusste einfach, dass der Grund ihrer Kinderlosigkeit bei ihm liegen musste.

»Gabriel?«, fragte sie leise.

Er sah an ihrem Körper hinauf, wo sie das Nachthemd um ihre Taille gebauscht hatte. Sie hatte den Kopf gehoben, um zu ihm nach unten zu sehen und ihr Blick war schwer vor Begierde, aber er enthielt auch einen Anflug von Besorgnis.

»Zieh es aus«, krächzte er.

Sie zog das Nachthemd ganz an ihrem Körper hinauf und richtete sich auf, um es sich über den Kopf zu ziehen.

Die Baumwolle flatterte davon, aber er war auf ihre Brüste fixiert, die so rund und prall waren, mit zart geröteten Brustwarzen. Sie führten ihn in Versuchung, aber er hatte sich bereits festgelegt, denn der Duft ihrer Erregung lockte ihn zu ihrem Geschlecht zurück.

Er vergrub sich in ihr und mit Hilfe seiner Zunge und Finger neckte und erfüllte er sie. Ihr Wimmern war für ihn Gesang und ermunterte ihn, ihr mehr zu geben. Er schob zwei Finger in sie und ertastete diese empfindliche Stelle, die sie zur Ekstase trieb. Ihre Beine bebten und sie verkrampfte die Muskeln um ihn, womit sie ihre Erlösung signalisierte. Sie schrie auf und er saugte an ihrer Klitoris, womit er ihr Vergnügen in die Länge zog, bis sie ihn anflehte, damit aufzuhören.

Er sah zu ihr auf, als sie an seinem Haar zupfte. »Soll ich wirklich aufhören?«

»Ich will dich in mir spüren«, erklärte sie.

»Da war ich.«

Ihre Augen mit den schweren Lidern formten sich vor Ungeduld und Lust zu Schlitzen. »Nicht dieser Teil von dir. Dein Schwanz.«

Sie benutzte schmutzige Wörter nicht oft, aber verdammt, wenn sie es tat, erlöste er sich beinahe.

Er arbeitete sich an ihrem Körper hinauf und übersäte ihre Haut in regelmäßigen Abständen mit Küssen, bis er ihre Brüste erreichte. Dort hielt er inne und labte sich an ihr, bis sie sich unter ihm wand.

»Du brauchst zu lange«, erklärte sie atemlos.

»Die besten Dinge sind das Warten wert.« Er sog ihre Brustwarze in seinen Mund und saugte für einen Augenblick fest daran, ehe er über ihre perlmuttartige Haut leckte. »Es gefällt mir, wenn du so zu mir sprichst. Und wenn du Dinge sagst wie ›Schwanz‹.« Er hob den Kopf und grinste sie an.

Sie zog eine Augenbraue auf diese spielerische Art hoch, die er so liebte. Dann packte sie ihn an den Schultern und stieß ihn aus dem Gleichgewicht, sodass er auf dem Bett landete, wo sie ihn festhielt, indem sie sich mit gespreizten Beinen auf ihn setzte. »Ich will jetzt deinen *Schwanz* in mir spüren.«

»Ja, meine Liebste.« Er packte seinen Schaft und positionierte ihn an ihrem Geschlecht. Sie erhob sich leicht und legte eine Hand auf seine, um ihn in ihre feuchte Scheide zu dirigieren. Als sie sich auf ihm herabsenkte, nahm sie ihn gänzlich in sich auf und er drang tief in ihr Geschlecht ein. Sie schloss die Augen und ihr Körper straffte sich, als er sie füllte.

Dann fing sie an, sich zu bewegen. Wie er es liebte, sie so zu beobachten – ihr schlanker Hals, die Furchen tiefen Vergnügens in ihr Gesicht gegraben, das Wiegen und Wippen ihrer Brüste, als sie sich auf ihm bewegte.

Und dann überkam ihn die Verzückung. Er packte sie an den Hüften und stieß tief in sie, während er sich in ihrer süßen Hitze verlor. Mit einem Aufschrei fiel sie nach vorn, und rieb sich an ihm, während sie sich über ihm abstützte. Er leckte an ihrer Brustwarze und sog ihre Brust in seinen Mund und sie zerbarst um ihn.

Wieder und wieder stieß sie auf ihn herab und ihr Stöhnen und Wimmern trieben ihn zu einem Höhepunkt, der ihn entzwei zu reißen drohte. Er hielt sie fest, als sie über ihm zusammenbrach und mit einer letzten Serie rascher Schübe zum Ende kam, um sie dann ganz nah an sein Herz zu schmiegen.

Er küsste sie auf die Schläfe, die Wange und an ihrem Kiefer entlang. »Ich liebe dich, Poppy.«

Sie hob den Kopf und sah ihn an. »Ich liebe dich auch, aber reicht das?«

KAPITEL 6

*D*er Ausdruck von Schmerz in Gabriels Gesicht veranlasste Poppy, sich herabzubeugen und ihn zu küssen. Sie zog sich zurück und liebkoste seine Wange.

»Das ist nicht ganz richtig herausgekommen«, erklärte sie. Sie sog die Luft ein und bemühte sich, die Worte zu formulieren, die sie sagen musste, um ihre Emotion richtig zu übermitteln. »Was du vorhin gesagt hast –« Sie konnte sich nicht überwinden, ihn zu fragen, ob es ihm wirklich das Herz brach. »Darüber, Kinder zu haben –«

Er schob seine Hand in ihr Haar und umfasste ihren Kopf. »Alles, was ich brauche ist, dich zu lieben und von dir geliebt zu werden. Wenn das alles ist, was wir je haben können, ist das mehr als genug. Mehr, als man hoffen darf.«

Die Emotionen ballten sich zu einem Kloß in ihrer Kehle und sie konnte nur nicken. Sie küsste ihn erneut und fand in seinen Armen Trost. Es schien so lange her, seit sie das getan hatte. Er drehte sich mit ihr um, sodass sie einander zugewandt auf dem Bett lagen.

Sie schmiegte sich ganz eng an seine Brust. »Ich will

wegen diese Sache nicht mehr melancholisch sein. Vielleicht werde ich mich immer traurig fühlen, aber das kann nicht die beherrschende Emotion meines Lebens sein. Es macht mich so glücklich, dich sagen zu hören, dass es ausreicht, wenn es nur uns beide gibt.«

Er spannte sich an und sie fragte sich, ob sie etwas Falsches gesagt hatte. Sie zog sich zurück, sodass sie ihm ins Gesicht sehen konnte. »Was ist?«

»Würdest du erwägen, ein Kind aufzunehmen?«

Sofort kamen Poppy Dinah und ihr Baby in den Sinn. »Ja. Hast du ein bestimmtes Kind im Sinn?« Sie hielt die Luft an und fragte sich, ob er dasselbe dachte wie sie.

»Das tue ich. Das habe ich.« Er runzelte die Stirn. Er setzte sich auf und schob die Bettdecke zurück, damit sie neben ihn schlüpfen konnte. Dann lehnte er sich in einer sitzenden Position an das Kopfende des Bettes. »Ich muss dir die ganze Wahrheit über Dinah sagen.«

Sie setzte sich auf und blickte ihn an. Die Bettdecke bauschte sich um ihren Leib und ein Schaudern ließ ihre Schultern zucken. »Kannst du mir mein Nachthemd geben?«, fragte sie.

Er schlüpfte aus dem Bett, um das Kleidungsstück für sie zu holen, und sie nahm die Gelegenheit wahr, seine feste, runde Hinterseite zu bewundern.

Er half ihr beim Anziehen des Nachthemdes, ehe er sich wieder ins Bett begab und fortfuhr. »Es stimmte, dass Mrs. Armstrong keinen Platz hatte, als ich Dinah in Hartwell House kennenlernte, und dass ich helfen wollte. Was zu sagen ich unterlassen habe, war allerdings, dass ich hoffte, Dinah überzeugen zu können, uns zu erlauben, ihr Kind großzuziehen. Sie hatte bereits gesagt, es nicht zu wollen, also war ich der Annahme, ihr eine willkommene Alternative anzubieten.« Sein Blick war voller Reue. »Deshalb habe ich dir nichts darüber gesagt, dass sie im Häuschen ist. Ich wollte deine Hoffnungen nicht schüren, für den Fall, dass sie ablehnt. Oder schlimmer – wenn ihr und dem Baby etwas zustoßen würde.«

»Oh Gabriel.« Sie nahm seine Hand und wollte seine Befürchtungen vertreiben. »Ich habe das auch überlegt, aber ich habe mich egoistisch gefühlt, das auch nur zu denken.«

»Ist es egoistisch, wenn unsere Not ihr Dilemma behebt?«, fragte er.

»Ich würde nicht wollen, dass ihre Entscheidung auf unserer Not beruht.«

»Aber sie hatte bereits entschieden, dass sie das Kind nicht wollte.«

Poppy dachte nicht, dass sie diese Entscheidung vor der Geburt des Babys treffen könnte. »Ich glaube, dass sie es bedauern würde, es wegzugeben. Wie kann sie in sein oder ihr Gesicht schauen, ohne sich nicht sofort zu verlieben?«

Er streichelte mit dem Daumen über ihre Hand. »Das würdest du tun.«

»Ich wäre bereits verliebt«, sagte sie leise. »Von dem Augenblick an, in dem ich wüsste, dass ein Baby in mir wächst, wäre ich verloren.« Sie sah zu, wie die Besorgnis seinen Blick verdunkelte und seine Stirn zerfurchte. Sie hob die Hand und streifte mit den Fingerspitzen über seine Augenbraue. »Ich weiß, das macht dir Angst – das Schreckgespenst, was passieren könnte. Aber ich kann nicht in Angst leben. *Wir* können das nicht tun.«

Er nickte langsam. »Das weiß ich. Hier.« Er tippte an seine Schläfe. »Aber hier …« Er senkte die Hand an seine Brust und presste die Handfläche auf sein Herz. »Jedenfalls glaube ich nicht, dass es etwas ausmacht, weil ich denke, dass sie ihre Meinung geändert hat. Du warst überaus überzeugend.«

Sie konnte anhand seines Tonfalls nicht feststellen, wie

er darüber fühlte. »Bist du wütend?«

»Wie kann ich das sein, wenn meine Ehefrau die rück-sichtsvollste Frau auf Erden ist? Dass du deinen eigenen Wunsch ignorieren würdest, um diese Frau möglicher-weise vor einem lebenslänglichen Bedauern zu retten, ist der Inbegriff von Güte und Selbstlosigkeit.«

Poppy kaute auf ihrer Unterlippe und plötzlich war sie um Dinahs Zukunft besorgt, und noch wichtiger, um die ihres Babys. »Ich fürchte, dass ich diejenige sein werde, die es bedauert«, gestand sie leise ein. Als er sie offensichtlich verwirrt ansah, erklärte sie: »Dinah will Schauspielerin werden. Wie kann das ein gutes Leben für sie oder ihr Kind sein?«

Gabriels dunkler Blick flackerte überrascht auf. »Ich weiß nichts über dieses Gewerbe, aber ich kann mir vorstellen, dass es schwierig sein muss.«

»Ich habe versucht, sie zu überreden, hier in Hartwell House zu bleiben, bis das Kind etwas älter ist.«

»Du hoffst, dass sie in dieser Zeit ihre Meinung darüber ändert, Schauspielerin zu werden?«

»Oder zumindest zu warten.« Poppy schüttelte den Kopf. »Ich weiß nicht. Es hat sich für mich einfach nicht richtig angefühlt, zu versuchen, das Kind zu nehmen, obwohl sie gesagt hatte, es nicht aufziehen zu wollen.«

Er legte den Kopf schief und hielt den Daumen auf ihrem Handrücken still. »Was, wenn wir ihr eine Möglich-keit anbieten? Wenn sie wüsste, dass für ihr Kind gut gesorgt wäre – und es geliebt würde –, könnte sie sich vielleicht dafür entscheiden, anstatt die Bürde selbst zu tragen.«

Sein Vorschlag war absolut sinnvoll, doch die Unsi-cherheit verharrte in ihren Gedankengängen. »Es fühlt sich immer noch überaus eigennützig für mich an.«

Er drückte sanft ihre Hand und übermittelte ihr damit

sein Verständnis und gleichzeitig seine Besorgnis. »Was immer mit Dinah passiert, möchte ich ihr helfen. Wie werden Sorge dafür tragen, dass sie und ihr Baby versorgt sind. Sind wir uns darin einig?«

Sie liebte ihn so sehr. »Das sind wir.«

»Und wenn Dinah entscheidet, ihr Kind selbst großzuziehen, gibt es viele andere Kinder, die dringend nötig Hilfe bedürfen. Wir werden zweifelsohne eines – oder zehn finden«, er strahlte sie lächelnd an, »die wir aufziehen können.«

Poppy lehnte sich zu ihm und drückte ihre Lippen in einem zärtlichen, lang andauernden Kuss auf seine. »Danke«, flüsterte sie, als sie sich zurückzog. »Ich liebe dich.«

»Nicht annähernd so sehr, wie ich dich liebe und versuche nicht, mir in dieser Frage zu widersprechen.«

Sie lachte leise. Das sagte er ihr immer. »Das tue ich niemals. Was nicht heißen soll, dass ich dir zustimme.« Sie sah ihn mit einem anzüglichen Blick an.

»Schau mich nur weiter so an und ich werde dich herumrollen und dir zeigen, wie viel mehr ich dich liebe.«

Das Verlangen flammte in ihr auf. »Versprochen?«

Mit einem Knurren schlang er die Arme um sie und drängte sie zurück, bis sie flach auf der Matratze lag und sein Körper den ihren bedeckte.

»Warte«, bat sie plötzlich außer Atem und sehr glücklich darüber. »Ich würde morgen gern zum Hartwell House gehen. Es ist schon so lange her.«

Sein Blick, der vor Leidenschaft ganz dunkel war, wurde weich. »Ich würde dich liebend gern begleiten – wenn du das möchtest.«

»Es gibt niemanden, mit dem ich lieber gehen würde.« Sie schlang die Arme um seinen Nacken und presste ihre Brüste fest an seinen Oberkörper. »Küss mich jetzt und tu, was immer du sonst noch im Sinn hast.«

»Mit Vergnügen.« Er grinste, ehe er ihren Mund in Besitz nahm und seine Gedanken an morgen hinter sich ließ.

~

*W*ie es der Zufall wollte, erlaubte ihnen das Wetter nicht, Hartwell House am nächsten Tag zu besuchen. Oder am Tag darauf. Aufgrund des Schnees im Haus gefangen, hatten sie keine Schwierigkeiten, das Beste aus ihrer Zeit zu machen. Obwohl sie sich zu einem Spaziergang in den Schnee hinauswagten – und eine Schneeballschlacht veranstalteten, die ihr Ende fand, als sie beide im Schnee herumrollten, was ein gemeinsames Bad erforderlich machte. Es waren zwei erfreuliche Tage und wahrhaftig die besten, an die Poppy sich in jüngster Zeit erinnern konnte.

Ehe sie zum Hartwell House aufbrachen, stattete Poppy dem Häuschen einen Besuch ab, um zu sehen, wie Judith und Dinah den Schnee überstanden hatten. Außerdem wollte sie mit Dinah über ihre Wahlmöglichkeiten sprechen.

Poppy wartete, bis Dinah den ersten der mitgebrachten Zitronenkekse verspeist hatte, ehe sie ihren Vorschlag kundtat. »Gabriel hat mir gesagt, dass Sie Ihre Meinung darüber geändert hätten, das Baby aufzuziehen. Das sind wundervolle Neuigkeiten.«

Dinah, die im Sessel beim Feuer saß, erweckte den Eindruck, als würde ihr Bauch ihre Gestalt vereinnahmen. Obwohl es nur ein paar Tage her war, seit Poppy sie das letzte Mal gesehen hatte, schien sie merklich runder zu sein. »Hat er das?« Dinah nahm sich einen zweiten Keks. »Ich sagte, ich würde darüber nachdenken. Ich habe mich noch nicht mit Sicherheit entschieden.«

»Ich denke immer noch, dass Sie es tun sollten«, entgegnete Poppy und wählte ihre nächsten Worte mit Sorgfalt. »Wie auch immer, wenn Sie aus irgendeinem Grund entscheiden, dass Sie dem Kind keine Mutter sein können, würden Gabriel und ich –«

Noch ehe sie zu Ende gesprochen hatte, unterbrach Dinah sie: »Ihr wollt mein Baby.«

Poppy verabscheute, wie das klang, aber es war die Wahrheit. Sie wollte ein Baby und Dinah würde eines haben. »Wir wollen Ihnen helfen. Und wenn das bedeutet, Ihr Kind als unser eigenes aufzuziehen, würden wir uns sehr geehrt fühlen.«

«Ihr habt überaus überzeugend argumentiert, warum ich es behalten sollte.« Dinah legte eine Hand auf ihren Bauch. »Oder ihn oder sie. Aber jetzt möchtet Ihr, dass ich es Euch gebe?«

»Nein.« Poppy schüttelte den Kopf. »Ich denke immer noch, dass Sie ihn oder sie behalten sollten.«

»Aber wenn ich es nicht möchte, würdet Ihr ihn nehmen. Oder sie.« Sie nahm sich einen dritten Keks und hielt das Gebäck zwischen Daumen und Zeigefinger. »Was für eine Art von Hilfe würden Sie mir gewähren?«

Poppy und Gabriel hatten nichts Spezielles besprochen. »Was würden Sie wollen?«

»Ich habe darüber nachgedacht, was Sie gesagt haben, dass es als Schauspielerin vielleicht schwierig sein kann, Mutter zu sein, vor allem, weil ich kein Geld habe, auf das ich zurückgreifen könnte. Ich muss genauso an das Baby denken wie an mich.«

Sie änderte wirklich ihre Meinung. Poppy rutschte der Magen in die Kniekehlen. Bis zu diesem Moment hatte sie nicht erkannt, dass sie eigentlich tatsächlich hoffte, Dinah würde nicht auf sie hören und das Kind zurücklassen.

Und, oh, gehörte Poppy damit nicht zur schlimmsten Sorte Mensch?

»Ja, das müssen Sie«, erklärte Poppy. »Ich bin froh zu hören, dass Sie es erwägen. Wie ich vorhin sagte, bin ich sicher, dass Sie in Hartwell House unterkommen. Wir werden Platz schaffen.« Oder sie könnte hier leben. Poppy würde mit Gabriel darüber sprechen.

»Ich bin immer noch nicht sicher, ob ich dort leben will. Ich würde lieber etwas mehr tun, als nur Schneidern lernen. Ich kann tatsächlich schneidern …« Sie schob sich den Keks in den Mund und blickte ins Feuer, während sie kaute.

Poppy hatte genügend Zeit mit Dinah verbracht, um zu wissen, dass die junge Frau klug war. Judith hatte Poppy gerade erzählt, dass Dinah das Stück *Ein Sommernachtstraum* dreimal gelesen hatte und gerade anfing, das Stück ein viertes Mal zu lesen. »Soll ich Ihnen mehr von Shakespeare zu lesen bringen?« bot Poppy an.

Dinah schwang den Kopf zu Poppy herum, um sie anzuschauen und machte kurzzeitig große Augen dabei. »Ja, bitte.«

Poppy kam eine Idee. »Dinah, können Sie rechnen?«

»Das tue ich.« Sie runzelte die Stirn. »Warum?«

»Ich habe schon lange gedacht, dass Hartwell House seine eigene Schule haben sollte. Vielleicht könnten Sie die Lehrerin sein.«

Dinahs Blick wurde ein wenig unstet, als sie ihn von Poppy abwandte. Nach einem Augenblick blinzelte sie. »Ich werde darüber nachdenken.«

Jedes Mal, wenn Poppy einen Blick auf die wahrscheinlich echte Frau erhaschte, die sich unter der Bürde ihres jungen Lebens verbarg, verschloss Dinah sich. Es war, als hätte sie sich im Verstecken gut geübt und wagte sich nicht hervor.

Güte. Genau das war es, was sie brauchte. Und Poppy war entschlossen, sie ihr zu geben.

»Ja, denken Sie darüber nach«, meinte Poppy heiter, als sie sich erhob. »Da sind noch mehr Zitronenkekse, wenn Sie noch welche möchten.«

Dinah kicherte. »Natürlich will ich sie.« Sie sah zu Poppy auf. »Danke.«

»Es ist gern geschehen. Ich werde einen Diener schicken, damit er noch mehr von Shakespeare bringt.« Poppy würde eine kleine Auswahl aus der Bibliothek zusammenstellen, ehe sie nach Hartwell House aufbrach. Sie wünschte Dinah Lebewohl und dann verabschiedete sie sich auch von Judith.

Eine Weile später waren Gabriel und sie auf ihrem Weg nach Hartwell House. »Danke, dass du unsere Abfahrt etwas aufgeschoben hast«, bemerkte Poppy und zog die Wolldecke fester über ihre Beine, als Gabriel den Einspänner lenkte.

»Was hast du in der Bibliothek gemacht?«

»Ich habe einige Bücher für Dinah zusammengestellt. Sie liest *Ein Sommernachtstraum* bereits zum vierten Mal, also habe ich ihr etwas Neues angeboten.«

»Wie aufmerksam von dir, aber das ist nicht überraschend.« Er warf ihr ein Lächeln zu. »Sie hatten keine Schwierigkeiten wegen des Schnees?«

Poppy schüttelte den Kopf. »Judith sagte, dass Dinah sogar nach draußen gegangen sei.«

»Das soll etwas heißen.« Obwohl ihr Husten vollkommen abgeklungen war, blieb sie für gewöhnlich die meiste Zeit im Häuschen.

»Ich habe mich mit ihr über das Baby unterhalten. Sie überlegt jetzt ernsthaft, es zu behalten. Ich habe sie dazu ermuntert.« Sie zögerte, als sie sich ihr Gefühl der Enttäuschung in Erinnerung rief. Sie wollte Gabriel nicht damit behelligen … nicht, wenn sie so angestrengt versuchte, eine positive Zukunftsperspektive zu entwickeln. Stattdessen konzentrierte sie sich genau darauf, als sie fortfuhr. »Mir war eine Idee für Dinah eingefallen. Sie ist nicht erpicht darauf, in Hartwell House zu leben und Putzen, Kochen oder Schneidern zu erlernen. Sie hat bereits als Zimmermädchen gearbeitet und das ist fürchterlich ausgegangen.«

Er warf ihr einen neugierigen Blick zu. »Sie hat mir erzählt, dass sie als Zimmermädchen gearbeitet hatte, aber ich weiß nicht, was ihr zugestoßen ist.«

»Nachdem sie zum Zimmermädchen befördert worden war, hatte sie die ungewollte Aufmerksamkeit ihres Arbeitgebers auf sich gezogen. Er hat ihr keine Alternative gelassen, seine Avancen abzulehnen.«

Gabriels Kiefer spannte sich an und seine Stimme war nur noch als leises Summen zu hören. »Wer ist er?«

»Sie hat es mir nicht gesagt.« Poppy berührte ihn am Ärmel. »Wie dem auch sei, was würden wir unternehmen? Es ist nicht so, als ob er sie heiraten würde und ich kann nicht behaupten, dass ich begeistert davon wäre, wenn er das Kind aufzieht.«

»Ich könnte ihn zu einem Duell herausfordern. Oder windelweich prügeln.« Er nickte. »So oder so wäre es befriedigend.«

»Mein Geliebter Retter.« Sie wechselten einen heißblütigen Blick.

»Was war deine Idee?«, fragte er und lenkte ihre Gedanken wieder auf ihre Unterhaltung zurück, anstatt darauf, wie sehr sie ihn liebte.

»Ich habe darüber nachgedacht, wie gern sie liest, und wie erstaunlich ihre Vorliebe für Shakespeare ist. Also habe ich sie gefragt, ob sie rechnen kann. Und das kann sie.«

»Was spielt sich in deinem verrückten Verstand ab?«

»Wir haben uns darüber unterhalten, wie dringend Hartwell House einen Lehrer braucht. Vielleicht sollte sie diese Position einnehmen.«

Gabriel sah mit offener Bewunderung zu ihr herüber. »Sag nie, dass deine Schwester all die klügsten Ideen hat. Das ist genial.«

Stolz setzte Poppy sich aufrechter hin. »Danke. Ich hoffe, dass Mrs. Armstrong die Sache unterstützt.«

»Ich bin sicher, dass sie das tun wird. Wie du sagst, reden wir schon seit geraumer Zeit darüber. Das ist eine perfekte Lösung – Hartwell House hat einen Bedarf und Dinah auch.«

»Sie hat die Position noch nicht angenommen. Sie denkt darüber nach. Ich denke, sie wird es tun.« Poppy konnte sich nicht vorstellen, dass sie dieser Gelegenheit den Rücken zukehren würde.

»Es tut mir leid«, sagte er leise und hatte den Blick fest auf die Straße vor ihnen gerichtet.

»Warum?«

»Weil es wirklich so aussieht, als ob das Baby bei ihr bleiben würde. Bist du enttäuscht?«

»Ja«, gab sie zu. »Ich will es nicht sein, aber ich kann es nicht verhindern. Dennoch glaube ich, dass es richtig ist. Und du hast recht, wir werden ein anderes Kind finden, das uns braucht und alles wird sich so ergeben, wie es sollte.«

Gabriel antwortete nicht und sie fuhren den restlichen Weg bis Hartwell House schweigend dahin. Als sie eintrafen, war Mrs. Armstrong überglücklich, Poppy zu sehen.

»Ich bin so froh, Euch wieder hier zu haben, Mylady.« Mrs. Armstrong strahlte sie an. »Wir haben so viel zu besprechen, aber zuerst muss ich mit Seiner Lordschaft reden.« Sie drehte sich mit einer Grimasse zu Gabriel. »Der Schnee hat einige weitere Lecks verursacht.

Ich weiß einfach nicht, wie viel länger dieses arme Haus noch standhalten wird. Ihr tut Euer Bestes, um zu reparieren, was Ihr könnt, aber es muss renoviert werden und es ist einfach kein Geld da.« Sie winkte mit der Hand. »Macht Euch aber darüber keine Sorgen. Könnt Ihr Euch bitte die Ecke im Speisesaal anschauen? Sie hat den schlimmsten Schaden abbekommen.«

»Ich werde mich darum kümmern.« Gabriel entfernte sich.

Mrs. Armstrong drehte sich mit einem strahlenden Lächeln zu Poppy. »Ihr seht sehr gut aus. Geht es Euch gut?« Obwohl ihr Lächeln blieb, schwanden die Fältchen um ihre Augen und sie runzelte die Stirn.

»Das tut es, danke. Ich muss mich entschuldigen, weil ich so lange weggeblieben bin. Das war unglaublich selbstsüchtig von mir.«

Mrs. Armstrong hakte sich bei Poppy unter und führte sie von der Eingangshalle in ihren kleinen Salon auf der linken Seite. Als die ältere Frau von ihrem Arm abließ, ergriff sie stattdessen ihre Hand und blickte sie an. »Ihr seid alles andere als selbstsüchtig. Ich kann mir nur zu gut vorstellen, was Ihr durchlitten habt.«

»Können Sie das?« Poppy hatte sich nicht mit ihr über ihre Probleme ausgetauscht.

Mit einem Nicken bedeutete Mrs. Armstrong Poppy, sich in einen der Sessel nahe dem Kamin zu setzen, wo ein Feuer prasselte. Als Poppy Platz genommen hatte, ließ Mrs. Armstrong sich in dem anderen Sessel nieder.

»Mr. Armstrong und ich haben nie Kinder gehabt.«

Das war Poppy bekannt, oder zumindest, dass sie und ihr Ehemann keine lebenden Kinder hatten. Ihr kam zu Bewusstsein, dass sie mit den Einzelheiten nicht vertraut war. »Sind Sie nie schwanger geworden?«

Die Hände fest in ihrem Schoß verschlungen, schüttelte

Mrs. Armstrong den Kopf. »Und es hatte nicht an einem Mangel an Versuchen gelegen.« Sie zwinkerte Poppy zu. »Manchmal ist es uns allerdings bestimmt, andere Dinge zu tun. Uns war bestimmt, ein Heim für Frauen, einschließlich derer mit Kindern zu eröffnen, die in Not waren. Während dieser Aufgabe haben wir einige Kinder selbst aufgezogen, einschließlich Judith.«

»Ich wusste nicht, dass sie Ihr Pflegekind war.«

»Sie und ihre Mutter kamen zu uns, als Judith vier Jahre alt war. Einige Jahre später ist ihre Mutter verstorben und Judith ist zurückgeblieben. Obwohl wir kein Waisenhaus sind, haben Mr. Armstrong und ich die Kinder in manchen Fällen behalten, wenn sie sonst nirgendwo unterkommen konnten. Bei Judith war es so, dass ich sie ins Herz geschlossen hatte und sie uns, als ihre Mutter krank geworden ist.«

»Ich bin so froh, dass Sie für sie da waren. Judith ist solch eine liebenswerte, junge Frau.«

»Das ist sie«, bemerkte Mrs. Armstrong voller Stolz. Dem Stolz einer Mutter. In diesem Augenblick erhaschte Poppy einen Blick auf die Zukunft, in der sie sich nicht traurig oder … minderwertig fühlte. Wenn es nach ihr ginge, sollte diese Zukunft gleich jetzt beginnen.

»Ich erzähle Euch dies«, fuhr Mrs. Armstrong fort, »weil es so viele Kinder gibt, die ein Heim und Sicherheit brauchen. Sie brauchen eine Familie.«

»Das habe ich ebenfalls gerade gedacht«, antwortete Poppy darauf leise. »Vielen Dank. Gabriel und ich haben darüber gesprochen, ein fremdes Kind aufzuziehen.« Oder Kinder. Warum sollten sie sich nur auf eines beschränken?

»Ich bin froh, das zu hören.« Mrs. Armstrongs Blick aus den blauen Augen wurde zögerlich. »Darf ich wagen, Euch zu fragen, ob das der Grund war, warum er Dinah aufgenommen hat?«

»Zum Teil. Er hat auch helfen wollen – ihr und Ihnen. Wir wissen, dass Sie derzeit keine freistehenden Betten haben.«

»Dem ist so und der Zustand des Hauses wird allmählich zu einem Problem. Ich fürchte, dass wir einige größere Reparaturen nötig haben.« Sie erweckte den Anschein, als ob sie noch etwas sagen wollte, doch sie schloss ihren Mund gleich wieder.

Poppy wusste, was ihr auf der Zunge lag. Das Gleiche, was sie im Sinn hatte. »Die Dinge sind schwieriger geworden, seit mein Bruder die Unterstützung seitens des Herzogtums zurückgezogen hat, nachdem er die Erbschaft angetreten hatte.« Sie presste den Kiefer zusammen, als sie daran dachte, wie er sich geweigert hatte, den Geldbetrag zu spenden, den ihr Vater Mrs. Armstrong regelmäßig für Hartwell House gegeben hatte. Er hatte behauptet, die Bücher durchsehen zu müssen, um festzustellen, ob solch eine Wohltätigkeit überhaupt bezahlt werden könnte. Soweit ihr bekannt war, hatte er noch keine endgültige Entscheidung getroffen. »Ich werde ihm in dieser Sache auf den Zahn fühlen. In der Zwischenzeit werden wir um weitere Unterstützung werben.« Gabriel war nicht so wohlhabend wie Calder, aber er war entschlossen, den weniger Gesegneten zu helfen.

Mrs. Armstrong schüttelte den Kopf. »Ihr habt bereits so viel gegeben – Zeit und Geld. Nun, zurück zu Dinah. Wird sie ihr Baby von Euch aufziehen lassen?«

Die unverblümte Frage traf Poppy leicht unvorbereitet, aber warum sollte Mrs. Armstrong nicht offen sprechen? »Ich glaube nicht. Ich habe Überzeugungsarbeit geleistet, damit sie ihr Kind behält.«

»Habt Ihr das?«, fragte Mrs. Armstrong überrascht.

»Als jemand, der sich nach der Mutterschaft sehnt und

sie wertschätzt, sorge ich mich, dass sie es bedauern würde, wenn sie das Kind nicht behält.«

»Sie hat auf mich keinen besonders mütterlichen Eindruck gemacht, aber andererseits haben Judiths Nachrichten, ein Bild von einer jungen Frau gezeichnet, die das Opfer unglücklicher Umstände geworden ist.«

»Judith hat Ihnen über Dinah geschrieben?«

»Ja. Es scheint, als ob Dinah große Bravour an den Tag legen würde.« Mrs. Armstrong hielt interessiert den Kopf schief. »Teilen Sie dieses Gefühl?«

»Das sehe ich gewiss so. Sie versteckt ihr wahres Selbst ziemlich tief. Sie hat *Ein Sommernachtstraum* mehrere Male gelesen.«

Mrs. Armstrong lachte leise. »Judith hat es erwähnt.«

»Sie ist auch gut im Rechnen«, sagte Poppy. »Ich frage mich, ob sie die Rolle als Schullehrerin hier in Hartwell House ausfüllen könnte.«

Mrs. Armstrong strich sich nachdenklich über die Wange. »Oh, um endlich eine Schule zu haben … Glaubt Ihr, sie könnte es?«

Poppy zog eine Schulter hoch. »Es ist den Versuch wert.«

»Das ist es ganz bestimmt.« Doch dann trübte sich Mrs. Armstrongs Ausdruck. »Ich weiß einfach nicht, wo wir die Schule oder sie – und ihr Kind – unterbringen sollen. Wir platzen bereits aus allen Nähten.«

»Lassen Sie mich mit Gabriel darüber sprechen.« Und Bianca – ihr würde wahrscheinlich etwas einfallen. Wenngleich Gabriel deutlich gemacht hatte, dass nicht *alle* Ideen von ihr stammten, hatte sie eine ganze Menge hervorgebracht.

»Mrs. Armstrong!« Ein Junge kam in den Salon gerannt, und sein Gesicht war ganz bleich. »Da ist ein Feuer!«

Mrs. Armstrong sprang auf und die Farbe wich aus ihrem Gesicht. Poppy erhob sich auf zitternden Beinen und mit pochendem Herzen.

»Wir müssen alle hinausbringen«, verkündete Mrs. Armstrong und klang ganz verstört.

»Nicht hier«, entgegnete der Junge, der vielleicht acht oder neun Jahre alt war. »Es ist drüben, auf Shield's End. Lord Darlington ist gerade losgestürmt, um dort zu helfen. Er hat mir aufgetragen, herzukommen und es Ihnen zu erzählen.«

Shield's End war ein Haus – ein früherer Bauernhof –, der Ash gehörte. Es war sein Familiensitz gewesen, ehe er zum Earl of Buckleigh ernannt worden war. »Zumindest lebt gerade niemand dort«, stellte Poppy mit Erleichterung fest. Dennoch war die Sache grauenvoll.

Mrs. Armstrong fasste sich mit einer Hand an die Brust und schloss kurz die Augen. »Du hast mir einen Schreck eingejagt, Michael. Ruf die Jungs zusammen und dann gehen wir hin und finden heraus, wie wir helfen können.«

Er nickte und dann stürmte er aus dem Salon.

»Ich werde sie mitnehmen«, bot Poppy an. Da Gabriel gegangen war, wollte sie ebenfalls aufbrechen.

Mrs. Armstrong ließ die Arme sinken und sah sie mit einem dankbaren Lächeln an. »Danke.«

Trotz der Mühe, die es kostete, das halbe Dutzend Jungs in Schach zu halten, die sie auf ihrem Weg zu Shield 's End begleiteten, kamen sie erstaunlich schnell dort an. Der Rauch war von Hartwell House aus sichtbar gewesen, das eine halbe Meile entfernt war, doch nun, da sie die Auffahrt zum Haus hinaufgingen, konnte sie die Flammen erkennen, die aus dem Gebäude loderten. Bei dem Anblick tat ihr das Herz weh. Ash würde am Boden zerstört sein.

Poppy ermahnte die Jungen, dicht hinter ihr zu bleiben und nicht in die Nähe des Hauses zu kommen. Sie führte sie zur Rückseite, wo eine Menschenkette aus Dorfbewohnern Wassereimer vom Brunnen zum Haus weiterreichte, um das Feuer zu löschen. Es schien eine verlorene Schlacht.

Dann entdeckte sie ihre Schwester, die neben Ash stand, während die beiden mitansahen, wie das Gebäude brannte. Wenngleich sie auf der Stelle zu den beiden eilen wollte, nahm Poppy zuerst die Jungs mit zu der Menschenkette und reihte sie zwischen den Helfern ein.

Nachdem sie sich vergewissert hatte, dass sie gut organisiert waren, eilte sie über den Rasen. »Bianca!«

Bianca drehte sich um. Ihre Augen leuchteten auf und sie schlang die Arme um Poppy. In ihrer Hast stieß sie dabei gegen Ash. Die Umarmung dauerte nicht sehr lange, da Bianca sich zu Ash zurückdrehte und seinen Arm umklammerte. »Entschuldigung, ist dir nichts passiert?«

Er sah sie mit einem ironischen Blick an. »Mir geht es gut. Du kannst deine Schwester umarmen. Ich sollte nachsehen, wie die Dinge vorankommen. Das Haus wird vollkommen ruiniert sein, fürchte ich.« Er nickte Poppy zu. »Lady Darlington.«

»Lord Buckleigh, es tut mir so leid«, murmelte Poppy.

Mit traurigem Blick ließ er das Kinn sinken und dann ging er davon.

Bianca sah ihm stirnrunzelnd hinterher. »Ich hoffe, dass er sich nicht übernimmt. Er hat bereits die beiden gerettet, die dort drin gewesen waren.«

Poppy schnappte nach Luft. »Ich dachte, es würde niemand hier leben.«

»Dem ist auch so, aber –« Bianca stöhnte. »Das ist eine lange Geschichte, die ich dir später erzählen sollte. Es reicht zu sagen, dass Thornaby und sein Pack Rabauken für dieses Desaster verantwortlich sind, im Namen eines *Lausbubenstreichs*.«

Wieder schnappte Poppy nach Luft und dieses Mal griff sie sich, ganz ähnlich wie Mrs. Armstrong an die Brust. »Wie abscheulich.«

»In der Tat«, bemerkte Bianca düster.

Ein Dutzend Fragen gingen Poppy durch den Kopf. Sie entschied sich für die augenscheinlich dringlichste. »Was um alles in der Welt tust du hier?«

»Ash und ich sind zufällig vorbeigekommen.« Sie machte den Mund auf, um weiterzureden, doch Poppy schnitt ihr das Wort ab.

»Du und Ash. Ihr seid zufällig vorbeigekommen. Wie?« Sie stemmte die Hand in die Hüfte. »Warum?«

»Wir sind verlobt!« Biancas strahlend blaue Augen leuchteten vor Aufregung trotz des Desasters, dass sich nur ein kleines Stück entfernt abspielte.

»Ihr seid was?« Poppy war überrascht und andererseits auch wieder nicht. »Das ging schnell.«

»Schneller als bei dir und Gabriel, ja, aber wenn ich darüber nachdenke, hast du mir damals gesagt, warum man denn warten sollte, wenn man weiß, dass es richtig ist?«

Sie hatte das gesagt. Oder etwas in der Art. Freude toste in ihr auf, worauf sie ihre Schwester noch einmal umarmte und dieses Mal erheblich länger, als die Glücksgefühle zwischen ihnen strömten. Als sie sich trennten, liebkoste Poppy die Wange ihrer jüngeren Schwester. »Ich freue mich so für dich. Ich will alles erfahren. Wie bist du ›zufällig‹ mit Ash hier vorbeigekommen, wie hat er um deine Hand angehalten und all das.« Sie warf einen Blick auf das brennende Haus und dann die Menschenkette mit den Wassereimern, wo Gabriel mit Ash stand und das Feuer im Auge hatte. »Aber vielleicht später.«

»Ja«, antwortete Bianca trübsinnig. »Ganz bestimmt später.«

Wieder sah Poppy sich um. »Warum ist Calder nicht hier? Oder irgendjemand von seinen Bediensteten? Sie können den Rauch ganz bestimmt von Hartwell aus sehen.«

»Vielleicht. Die Rauchwolken sind seit unserer Ankunft dichter geworden. Wir haben den Rauch nicht gesehen, bis wir nahe am Ort waren.« Bianca schnaubte. »Ich entschuldige ihn, nebenbei bemerkt, nicht.«

»Ich auch nicht.« Poppy knirschte mit den Zähnen. »Später, nachdem du mir alles über die guten Neuigkeiten berichtet hast, müssen wir über ihn sprechen.«

»Das werden wir.« In Biancas Stimme schwang ein unheilverkündender Unterton mit – für Calder. Poppy hätte vielleicht Mitleid mit ihrem Bruder gehabt, wenn er sich nicht zu einem ausgemachten Schurken gewandelt hätte. »Ich fürchte, dass er heute äußerst grauenvoll war, und eigentlich war ich auf meinem Weg zu dir, um bis zur Hochzeit bei dir zu wohnen. Wenn das in Ordnung ist.«

»Natürlich ist es das.« Poppy wusste nicht, was Calder getan hatte, aber sie war sich sicher, dass er eine gründliche Standpauke verdient hatte.

Bianca lenkte ihre Aufmerksamkeit vom Haus ab und sah zu Poppy. »Lass uns zu den Männern gehen und mit ihnen reden, um sie zu beruhigen.«

»Bianca, es tut mir wirklich sehr leid wegen Ashs Verlust.«

»Mir auch, aber ich bin nur dankbar, dass er unversehrt ist. Der Verlust von Holz und Mobiliar ist nichts verglichen mit dem Verlust eines geliebten Menschen.«

Poppy musste lächeln, als ihre Schwester von ihrer Liebe zu Ash sprach und die Emotion in ihrem Blick einen unübersehbaren Beweis für ihre Worte erbrachte. »Gut gesprochen, Schwester. Gut gesprochen.«

KAPITEL 7

»Es ist gut, dass es zu regnen angefangen hat«, bemerkte Gabriel mit Gedanken an das größtenteils abgebrannte Shield's End, als er am Abend zu Poppy ins Bett kam. »Was für ein Tag.«

Sie schmiegte sich an ihn und legte ihm eine Hand auf die Brust, als er sich gegen das Kopfende des Bettes lehnte. »Er hat sich wie eine Woche angefühlt.«

Gabriel streichelte seiner Frau über die Schulter und den Rücken. »Ist Bianca gut untergebracht?«

»Ja, obwohl ich mich frage, ob sie wirklich schlafen wird. Sie ist ziemlich überdreht.«

»Das Feuer oder die Hochzeit?«

»Beides. Ich habe ihr empfohlen, sich auf Letzteres zu konzentrieren. Ich glaube nicht, dass das eine Herausforderung sein wird.«

Gabriel lächelte trotz seiner Müdigkeit. »Sie scheinen sehr glücklich zu sein.«

»Das sind sie.«

»Es ist vergleichsweise schnell gegangen, findest du nicht?«

Poppy schmunzelte und ihr Körper vibrierte an seinem. »Das habe ich auch gesagt. Sie hat mich an etwas erinnert, was ich zu ihr gesagt hatte, nachdem wir uns verlobt hatten. Etwas in dem Sinne, dass wenn sich etwas richtig anfühlt, es einfach richtig ist.«

Er blickte auf den Scheitel ihres dunklen Hauptes hinab. Ihre Locken waren für die Nacht zu einem Zopf gezähmt, aber er wusste aus Erfahrung, dass er ihn ihm Nu lösen konnte. Vielleicht würde er das tun, wenn er nicht so verdammt müde wäre ... »War es bei uns so gewesen?«

Sie sah zu ihm auf und ihre Lippen formten sich zu einem Lächeln, bei dem sein Herzschlag aussetzte. »Ja, stimmst du etwa nicht zu?«

»Richtig ist nicht die angemessene Beschreibung, wie ich mich gefühlt habe. Für mich war es Bestimmung.« Vielleicht war er gar nicht so erschöpft, wie er dachte.

Sie drückte ihm einen Kuss auf die Brust und obwohl er ein Nachthemd trug, spürte er die Verbindung, als wäre seine Haut nackt für sie. Seufzend ließ sie den Kopf auf seine Brust sinken. »Ist Shield's End denn vollkommen zerstört? Es hatte den Anschein, als ob der neuere Flügel das Feuer überstanden hätte.«

Der Anbau war dem mittelalterlichen Herrenhaus, das noch immer erhalten war, im vergangenen Jahrhundert hinzugefügt worden, doch Gabriel glaubte, dass er sehr angegriffen war. »Ich bin nicht sicher, ob er ohne den Halt durch die restliche Struktur bestehen kann, insbesondere bei dem Winter, der uns bevorsteht.«

»Hoffentlich wird Ash in der Lage sein, es bald wieder aufzubauen. Ich bin froh, dass Thornaby dafür aufkommt.«

Gabriel schnaubte. »Das ist das Mindeste, was er tun kann.« Nachdem er erfahren hatte, dass das Feuer von einer Ziege verursacht worden war, die von Thornaby und seinen Freunden als Lausbubenstreich gegen Buckleigh ins

Haus bugsiert worden war, hatte Gabriel den Mann zwingen wollen, Wiedergutmachung zu leisten. Dass er offensichtlich nicht dazu gebracht werden musste, das Richtige zu tun, war ein kleiner Erfolg.

»Ja, nachdem sie die Ziegen ins Haus gebracht hatten. Bianca sagte, sie hatten Ash diesen Streich bereits in Oxford gespielt und es für amüsant gehalten, ihn zu wiederholen.«

»Da freut es mich, dass ich in Cambridge war.«

Sie warf ihm einen Blick zu. »Niemand hat sich in Cambridge zu so einer Idiotie herabgelassen?«

Gabriel stieß ein scharfes Lachen aus. »Nicht so speziell. Vielleicht hätte ich nach Oxford gehen *sollen*. Wäre ich dort gewesen, hätte ich mich für Buckleigh eingesetzt.«

»Sicher hättest du das. Du bist der rücksichtsvollste Mann, den ich kenne.« Sie legte den Kopf in den Nacken, um ihm noch einmal in die Augen zu blicken. »Danke, dass du zugestimmt hast, bei der Hochzeit Ashs Trauzeuge zu sein.«

»Es ist mir eine Ehre. Ich bedaure bloß, dass dein Bruder so ein jämmerlicher Hund ist.« Er zuckte zusammen. »Verzeih mir meine Darstellung.«

Noch einmal tätschelte sie seine Brust. »In diesem Fall gestatte ich es. Ich könnte ihn sogar selbst so nennen, da er Biancas Eheschließung nicht befürwortet.« Bianca und Ash hatten Calder aufgesucht, um ihn von ihrer Verlobung zu unterrichten, aber er hatte sich geweigert, seiner Schwester seinen Segen zu erteilen, Ash zu heiraten. Rechtlich gesehen war Bianca nicht darauf angewiesen, aber sie brauchte seine Zustimmung, wenn sie die Abfindung wollte, die ihr Vater für sie hinterlassen hatte. »Er verweigert Hartwell House immer noch die Unterstützung. Wann ist er nur zu solch einem kalten, gefühllosen Schuft geworden?«

Gabriel hatte keine Antwort darauf. Solange er Calder Stafford kannte, war dieser immer herzlos gewesen. »Bitte denke nicht schlecht von mir, aber ich kann mich nicht mehr um ihn sorgen, wenn so viele andere von seiner Grausamkeit betroffen sind.«

»Ich kann dir nicht widersprechen, aber ich habe die feste Absicht, mich mit ihm über Hartwell House zu unterhalten. Es ist gewissenlos, dass das Gebäude derart reparaturbedürftig ist, nicht genügend Platz für alle bietet, die einen Unterschlupf nötig haben, und es ist außerdem höchste Zeit, dass wir die Schule gründen.«

Es wärmte Gabriel das Herz, sie so leidenschaftlich sprechen zu hören. Es schien, als würde sie wirklich aus ihrer Melancholie ausbrechen, und dafür war er außerordentlich dankbar. Er beugte sich zu ihr hinab und gab ihr einen Kuss auf den Scheitel. »Du kannst mit ihm reden, aber ich wage zu behaupten, dass es keinen Unterschied machen wird.«

»Ich muss es versuchen. Die Tatsache, dass er sich weigert, das Fest zum zweiten Weihnachtstag auszurichten, ist schlimm genug.« Sie schniefte. »Bianca und ich werden uns nach besten Kräften bemühen, um dafür zu sorgen, dass die Feier in Thornhill den Erwartungen aller entspricht, obwohl es so weit entfernt ist.«

Es waren nur fünf Meilen, aber für viele der Dorfbewohner hätte es genauso gut London sein können. Thornaby hatte offenbar angeboten, einen Transport für die Menschen zu organisieren, und Gabriel beabsichtigte, dasselbe zu tun. Wäre Darlington Abbey nicht noch weiter vom Dorf entfernt, hätte er darauf bestanden, das Fest hier zu veranstalten.

»Ich bin froh, dass zumindest das geklärt ist«, sagte Gabriel. »Was Hartwell House anbelangt, werde ich mein Bestes tun, um die dringendsten Reparaturen auszuführen.

Etwas Hilfe wäre nicht unwillkommen.« Er könnte sowohl helfende Hände als auch finanzielle Unterstützung gebrauchen. Er hatte Mrs. Armstrong in diesem Jahr bereits eine beachtliche Summe gespendet.

»Ich habe überlegt, ob wir auf der Weihnachtsveranstaltung Spenden sammeln sollten. Bianca und ich können die Gäste gewiss zum Spenden überreden. Wir sollten Thornaby ausquetschen, bis nichts mehr aus ihm herauszuholen ist.«

Gabriel lachte. »Du bist bösartig, wenn du eine Mission verfolgst. Und das ist eine großartige Idee – bei der Veranstaltung Spenden zu sammeln, meine ich.«

Sie drehte ihren Körper so, dass ihre Brüste an seinen Oberkörper und die Seite drückten, und sah mit einem verschmitzten Lächeln zu ihm auf. »Du bist also nicht damit einverstanden, dass wir Thornaby bluten lassen?«

»Ich würde sogar Geld bezahlen, um das mitzuerleben.«

Ihre Augen funkelten. »Das wäre eine weitere Art der Geldbeschaffung!«

Wieder lachte er. »Ja, obwohl nichts davon zur Lösung des Problems beiträgt, zusätzlichen Platz für Dinah und alle anderen zu schaffen, die noch kommen und es hilft auch nicht mit dem Schulprojekt.«

Sie formte die Lippen zu einem angedeuteten Schmollmund. »Ich weiß. Als ich zusah, wie Shield's End brannte, war mir der Gedanke gekommen, dass es eine wunderbare Erweiterung von Hartwell House hätte werden können.«

»Das hätte es in der Tat.« Sanft massierte er ihr den Hals.

»Du gehst davon aus, dass Dinah bleiben will«, sagte sie leise und bettete den Kopf wieder auf seinem Oberkörper.

Er ging von gar nichts aus. Er hoffte tatsächlich, sie würde es nicht tun und ihnen beiden ihr Baby überlassen, damit sie es aufziehen konnten. Aber das sagte er nicht laut. »Du hast dein Bestes getan, um sie zu überzeugen.«

Poppy streichelte mit den Fingerspitzen am Halsausschnitt seines Nachthemdes entlang. »Du klingst ein bisschen enttäuscht.«

Verdammt. »Das bin ich nicht.« *Noch nicht.* »Wir sollten ihr anbieten, so lange im Häuschen zu wohnen, wie sie möchte, obwohl Mrs. Armstrong Judith sicherlich irgendwann zurückhaben möchte.«

Poppy schob sich einige Zentimeter an seinem Körper empor und gab ihm einen Kuss auf das Schlüsselbein. Ob er nun erschöpft war oder nicht, kümmerte es seinen Schaft wenig, denn er erwachte zu voller Aufmerksamkeit. »Du bist der liebste Mann. Ich werde ihr morgen Bescheid sagen. Ich habe vor, sie morgen früh zu besuchen, da ich nicht weiß, wie viel Zeit ich in den nächsten Tagen dort verbringen kann. Es sind jede Menge Vorbereitungen für Biancas Hochzeit zu treffen.«

Gabriel kämpfte, um das Verlangen zu ignorieren, das ihn erfasste. Sie waren beide müde. »Mmm.«

»Ich wollte dir erzählen, was Mrs. Armstrong mir heute eröffnet hat«, bemerkte sie leise und riss ihn sanft aus seinem sorgenvollen Gedankenschleier.

»Was war das?«

Sie schob sich neben ihm in eine sitzende Position und drehte den Körper schräg zu seinem. »Sie ermutigt uns, ein Kind in Pflege zu nehmen – oder mehrere Kinder. Das hatten sie und Mr. Armstrong seinerzeit getan. Ich wusste gar nicht, dass Judith bei ihr ist, seitdem sie vier war.«

»Ich wusste auch nicht, dass es schon so lange ist«, entgegnete Gabriel.

»Sie ist der Auffassung, dass wir eine Familie haben werden, wenn es uns bestimmt ist.« Poppy strahlte über das ganze Gesicht und es war voller Wärme – und Liebe. »Das glaube ich auch.«

Er fasste sie um die Taille und zog sie zu sich heran, sodass sie über seinen Hüften gespreizt saß. »Ich glaube, ich habe die spektakulärste Frau geheiratet, die ohne jeden Zweifel all meine Träume wahr werden lässt.«

Provokativ schloss sie die Augen ein wenig, als sie ihr Becken an seines presste. »Und worin besteht dein Traum jetzt?«

Er hielt sie fest und wiegte sie über seiner steifen Erektion. »Das kannst du wahrscheinlich feststellen, denke ich.«

Sie schlang die Arme um seinen Nacken und sah ihn mit einem schmelzenden Lächeln an. »Gut, denn das ist auch mein Traum.«

~

*B*iancas Hochzeit hatte gestern stattgefunden und auch ohne Beisein ihres Bruders war es ein schönes und zauberhaftes Ereignis gewesen. Oder vielleicht gerade deswegen. Poppy verbannte ihn aus ihrem Kopf. Der Gedanke an ihn stimmte sie nur wütend, und sie war entschlossen, positiv und fröhlich gestimmt zu sein. Schließlich war es Weihnachtszeit.

Heute war Nikolaustag und Darlington Abbey war bereits mit Grün geschmückt. Poppy sorgte dafür, dass Mistelzweige an den wichtigsten Stellen aufgehängt wurden, einschließlich Gabriels Arbeitszimmer und der Tür zwischen ihrem Salon und dem Schlafzimmer. Und an mindestens einem halben Dutzend anderer Stellen, an denen Gabriel es am wenigsten erwartet hätte. Das hatte Poppy bereits im vergangenen Jahr getan und es hatte zu einem überaus unvergesslichen Nachmittag in der Orangerie geführt.

Poppy trat zurück und betrachtete das Grün, das sie gerade als Vorbereitung auf die in Kürze beginnende Nikolausfeier überall im Salon von Hartwell House als Schmuck angebracht hatte.

»Warum dieses Lächeln?«, fragte Bianca, als sie in den Raum rauschte.

»Ach, es ist nichts, ich habe mich nur an etwas aus den vergangenen Jahren erinnert.« Poppy bemerkte, dass ihre Schwester heute glücklich strahlte, und warum sollte sie das auch nicht? Sie so zu sehen, stimmte Poppy so froh.

Und das, obwohl sie diese Jahreszeit noch vor zwei Wochen gefürchtet hatte, weil es unmöglich schien, Freude zu finden. Sich ihrer Enttäuschung zu stellen und ihren Kummer – mit Gabriel an ihrer Seite – zu verarbeiten, machte sehr viel aus.

Bianca kletterte auf einen Stuhl und Poppy reichte ihr das eine Ende der Kieferngirlande, die die Kinder heute Morgen gebastelt hatten. »Gestern Abend habe ich über die Platzprobleme hier im Hartwell House nachgedacht.«

»In deiner Hochzeitsnacht?« Poppy schüttelte den Kopf, während sie ein unbeschwertes Lachen hervorbrachte. ««Natürlich hast du das.«

»Ich kann meinen Verstand nicht abschalten, fürchte ich«, entgegnete Bianca fröhlich. »Zum Glück liebt Ash das an mir. Jetzt hoffe ich, dass du meinen Vorschlag nicht zu voreilig findest, aber das glaube ich eigentlich nicht, da du bereits jemandem Unterschlupf gewährst, für den hier kein Platz war.«

Dinah. Poppy und Gabriel hatten dem Häuschen gestern auf dem Heimweg von den Hochzeitsfeierlichkeiten einen kurzen Besuch abgestattet. Dinah hatte kaum mit ihnen gesprochen, denn sie hatte sich äußerst unwohl gefühlt und sie schließlich darum gebeten, sie in Ruhe zu lassen. Judith hatte geflüstert, dass Dinahs Zeit, ihrer Vermutung nach, bald kommen würde.

Ein ängstliches Zittern erfasste Poppy beim Gedanken an das zu erwartende Baby. Es müssten Entscheidungen getroffen werden. Es würde keinen Aufschub in die Zukunft mehr geben – für niemanden.

Ein Hoffnungsschimmer kämpfte sich durch Poppys Nervosität, doch sie weigerte sich, ihn zuzulassen. Sie wagte es nicht.

Das konnte sie nicht.

Poppy konzentrierte sich auf ihre Schwester. »Worin besteht deine Idee?«

»Ash und ich planen, einen Teil von Buck Manor für jedermann zu öffnen, der darauf angewiesen ist. Wir haben mehrere Räume, die nicht genutzt werden, und sie könnten ein vorübergehendes Zuhause für einige der armen Seelen sein, bis Shield's End wieder aufgebaut ist.«

»Was für ein wundervoller Plan«, lobte Poppy. »Ich wünschte, wir könnten dasselbe tun, aber Darlington Abbey ist nicht so groß wie Buck Manor. Wir sollten Calder bitten, Bedürftige aufzunehmen.«

Bianca nickte. »Es gibt ganze Flügel auf Hartwood, in die er nicht einmal einen Fuß setzt.«

»Er wird ablehnen«, stellte Poppy rundheraus klar. »Obwohl wir ihn eigentlich trotzdem fragen sollten.«

»Ich habe dich, glaube ich, noch nie so wütend auf ihn gesehen«, bemerkte Bianca.

»Ich weiß nicht, ob ich jemals so wütend auf ihn war. Sein Benehmen ist erbärmlich.«

»Darf ich vermuten, dass ihr von eurem unerträglichen Bruder sprecht?« Die Arme voller Pakete trat Gabriel in den Salon, mit Ash im Schlepptau, dessen Arme ebenfalls mit Geschenken für die Kinder beladen waren.

»Was hat das verraten?«, fragte Bianca trocken. »Poppy möchte ihn bitten, bei der Unterbringung der Menschen aus Hartwell House zu helfen, wie wir das in Buck Manor vorhaben.«

»Ein sinnloses Unterfangen«, entgegnete Gabriel, als Poppy zu ihm hinüberging, um ihm beim Abladen der Geschenke auf einen Tisch zu helfen. »Wir sollten ihn allerdings dazu zwingen.« Ash deponierte seinen Arm voller Pakete neben Gabriels. »Ist das machbar?«

»Nein«, antworteten Poppy und Bianca wie aus einem Mund.

»Oh, lasst es mich einmal versuchen.« Gabriels Flüstern war leise und gefährlich und in seinem Blick glomm die Herausforderung.

Bianca stemmte die Hände in die Hüften und runzelte die Stirn. »Er sollte hier sein. Unser Vater wäre es gewesen.«

»Er ist nicht unser Vater.« Und das stimmte Poppy traurig. Ihr Vater war nicht perfekt gewesen, aber er war ein ausgezeichneter Herzog und eine engagierte und verehrte Leitfigur in der Gemeinde und in London gewesen. Calder hingegen wurde gefürchtet. Er *hatte* sich wohl einer Sache verschrieben, vermutete sie, aber diese Sache war nur er selbst.

Gabriel sah zu Bianca und Ash, die dicht zusammenstanden, und sich an den Armen berührten. »Habt ihr die Absicht, Bedürftigen Unterschlupf zu bieten?«

Bianca nickte. »Wenn es erforderlich wird.«

»Das wäre möglich. Mrs. Armstrong sieht sich im Winter normalerweise mit einem Zustrom von Frauen konfrontiert und ich mache mir offen gestanden Sorgen um die Baustruktur von Hartwell House. Drei Räume sind derzeit unbewohnbar, und ich kann mir nicht vorstellen, dass sie vor dem Frühjahr instandgesetzt werden können.«

»Verdammt, wenn nur Shield's End nicht abgebrannt wäre.« Ash nahm Biancas Hand und sprach zu Poppy und Gabriel. »Bianca und ich haben beschlossen, dass das Haus speziell für die Institution für verarmte Frauen wieder aufgebaut wird.«

Poppy starrte ihn fassungslos an. »Das kann doch nicht euer Ernst sein?«

»Ich habe es nie ernster gemeint«, erklärte Ash. »Das Haus stand leer, und meine Mutter wird bei uns wohnen. Ehe es abgebrannt war, hatten wir das Fest zum zweiten Weihnachtstag dort veranstalten wollen, und ich war froh, dass es für etwas genutzt werden sollte, das anderen zugutekäme. Wir werden uns mit Mrs. Armstrong darüber beraten, was das neue Gebäude ihrer Meinung nach enthalten sollte.«

»Das ist einfach ...« Gabriel schüttelte den Kopf. »Das ist unglaublich großzügig.«

»Ich weiß, dass Mrs. Armstrong gerne eine Schule für die Kinder hätte, die dort leben«, erklärte Bianca. »Ash wird das berücksichtigen, wenn er sich mit dem Architekten bespricht.«

Poppy hatte eine Idee. »Oder, wenn das vielleicht nicht funktioniert, könnten wir Hartwell House als Schulgebäude benutzen, da Shield's End die neue Institution wäre. Wenn wir Hartwell House entsprechend renovieren können.«

Bianca strahlte sie an. »Das ist ein wundervoller Vorschlag.«

Gabriel lächelte, als er sie mit unverhohlener Bewunderung betrachtete. »Du steckst voller erstaunlicher Ideen. Und ja, wir sollten imstande sein, Hartwell House soweit wiederherzustellen, insbesondere, wenn wir auf der Versammlung nächste Woche Spenden sammeln können.«

»Oh ja, das ist unsere Absicht.« Biancas Blick wurde

durchtrieben. »Ich denke, dass Thornaby und seine Freunde spenden sollten, bis es ihnen wehtut.«

»Das sollte Calder ebenfalls«, entgegnete Poppy säuerlich. »Bianca, wir werden ihm einen Besuch abstatten müssen.«

»Ja, das müssen wir.«

»Wir begleiten euch zur Verstärkung«, bot Ash an.

»Ich bin mir nicht sicher, ob das helfen würde. Es könnte uns im Grund sogar hinderlich sein.«

Mrs. Armstrong eilte geschäftig in den Salon, ihre dunkelgrauen Röcke raschelten um ihre Beine. »Könnt Ihr helfen, die Erfrischungen hereinzubringen? Die Kinder sind außer sich vor Erwartungsfreude. Wir werden wohl mit dem Fest beginnen müssen, denke ich.« Sie lächelte breit. »Oh, wie schön wäre es, noch einmal jung zu sein!«

Sie eilten sofort zu Hilfe, und bald war der Raum von Gelächter und fröhlichen Gesprächen erfüllt. Die Frauen, Mütter und Kinder packten gleichermaßen Geschenke aus, die von Poppy und Gabriel, sowie Ash und Bianca bereitgestellt worden waren. Es erfüllte Poppy mit Zufriedenheit, ihr Glück mitanzusehen. Sie freute sich auf die Zukunft und alles, was sie geplant hatten.

Später, als alle anfingen, Spiele zu spielen, nahm Mrs. Armstrong Poppy beiseite: »Wo ist Dinah? Ich dachte, sie würde zur Feier kommen.«

»Sie fühlte sich nicht wohl. Judith meinte, es sei fast Zeit für das Baby.«

Mrs. Armstrong nickte. »Ich bin traurig, dass Judith nicht hier ist, muss ich eingestehen. Dies ist der erste Nikolaustag, den wir nicht zusammen verbringen. Ich habe ein Geschenk für sie – vielleicht könnt Ihr es überbringen?«

Poppy zog es das Herz zusammen. »Natürlich. Ich hätte jemanden schicken sollen, der auf Dinah achtgibt, damit

Judith hätte kommen können.« Sie fühlte sich schrecklich, weil sie nicht daran gedacht hatte.

»Macht Euch keine Vorwürfe. Judith hätte etwas gesagt, wenn sie es für klug gehalten hätte, herzukommen. Ich wage zu sagen, dass sie wahrscheinlich glaubte, von Dinah gebraucht zu werden.«

In dem Moment erschien einer der Diener von Darlington Abbey in der Tür. Er hielt den Hut in der Hand und sein Gesicht war gerötet, als wäre er gegen den Wind geritten.

Gabriel ging hinüber, um mit ihm zu sprechen, und Poppy sah zu, wie sich seine Gesichtszüge anspannten. Er nickte und dann drehte er sich um, wobei er sich nach Poppy suchend umsah, aber sie ging bereits auf ihn zu.

»Was ist?«, fragte sie und ihr gesamter Körper war von einer Vorahnung erfasst. Von Erwartung.

Er fasste Poppys Hand und schloss die Finger fest um ihre. »Dinah liegt in den Wehen. Das Baby kommt.«

KAPITEL 8

*B*is sie am Häuschen bei Darlington Abbey ankamen, waren Gabriels Furcht und Besorgnis so mächtig, dass er am liebsten aus seiner Haut gekrochen wäre. Er betete, dass es Dinah und dem Baby gut ginge. Und dann betete er, sie möge sich entscheiden, es von ihnen großziehen zu lassen. Ihn oder sie.

Allerdings vertraute er keine dieser Hoffnungen Poppy an.

Es war fast dunkel, als sie eintrafen. Ein weiteres Gefährt war am Weg geparkt. Gabriel erkannte, dass es Dr. Fisk gehörte. Mit dem Wissen, dass der Arzt hier war, hätte er sich besser fühlen sollen.

Das war allerdings nicht so.

Gabriel half Poppy von dem Einspänner. Sie hasteten ins Häuschen, um der Kälte zu entkommen, aber vor allem auch, um herauszufinden, was vor sich ging.

Als sie die Eingangstür erreichten, wurde Gabriel von einer Welle des Grauens übermannt. Er zögerte.

Poppy musste seine Angst gespürt haben. Sie drehte sich zu ihm um und legte ihre behandschuhten Hände an seine Wangen, während sie ihm mit ernstem Blick in die Augen sah. »Was auch immer passiert, mein Liebster, wird es uns gut gehen. *Dir* wird es gut gehen.«

»Ich mache mir keine Sorgen um mich«, erwiderte er leise, und seine Stimme war nichts als ein dünnes Wispern.

»Ich weiß.« Sie schenkte ihm ein aufmunterndes Lächeln und drückte die Handflächen sanft an sein Gesicht. »Und das ist der Grund, warum ich dich so liebe. Es ist einer von vielen Gründen.« Sie stellte sich auf die Zehenspitzen und küsste ihn genau in dem Moment, als ein Schrei die Luft zerriss.

Gabriel schnappte an ihrem Mund nach Luft und riss die Augen weit auf, als die Panik ihn packte. Er erinnerte sich, wie seine Mutter geschrien hatte, als sie sein jüngstes Geschwisterchen, einen totgeborenen Jungen, zur Welt gebracht hatte, dem sein Vater keinen Namen geben wollte.

Poppy machte die Tür auf und betrat ihm voran das Häuschen. Es war warm – wärmer als sonst – mit einem großen Feuer, das im Kamin loderte. Die Flammen schlugen so hoch, dass Gabriel nicht bis zum hinteren Schlafzimmer blicken konnte.

»Guten Abend, Dorothy«, grüßte Poppy.

Wer war Dorothy? Gabriel blinzelte und bemerkte, dass eines der Dienstmädchen von Darlington Abbey über das Feuer wachte.

Sie drehte sich um und sank vor Poppy und Gabriel in einen Knicks. »Guten Abend, Mylord, Mylady. Dr. Fisk hat mich auf dem Weg hierher abgeholt. Er sagte, er brauche eine zusätzliche Helferin, weil Mrs. Fisk nicht kommen konnte.«

»Wo ist Judith?«, fragte Poppy.

»Hinten mit Dr. Fisk. Ich glaube nicht, dass es noch sehr lange dauern wird.«

»Wir haben einen Schrei gehört.« Die Worte stammten aus Gabriels Mund, aber es hörte sich an, als stünde er neben seinem eigenen Körper und hörte jemand anderem zu.

»Das hat sie jetzt schon ein paar Mal getan«, stellte Dorothy fest und seufzte. »Ich habe gehörte, wie Dr. Fisk ihr sagte, dass es Ordnung sei.«

Poppy setzte sich in Bewegung und blieb vor Gabriel stehen. Sie hatte außer ihrer Haube und dem Umhang auch die Handschuhe ausgezogen. »Versuch, dich zu entspannen, mein Liebster«, flüsterte sie und nahm ihm den Hut ab. »Warum setzt du dich nicht?« Sie schnallte seinen Übermantel auf und ging um ihn herum, damit sie ihm beim Ausziehen des Kleidungsstücks behilflich sein konnte.

Er sah ihr zu, wie sie seine Garderobe an einen Haken nahe der Tür neben ihre hängte. Er fühlte sich, als ob er sich nicht rühren könnte. Gott, wenn er sich bei einer gebärenden Frau, die er kaum kannte, bereits so verhielt, wie würde er sich dann aufführen, wenn Poppy in dieser Situation wäre? Er war ungeheuer froh, das nie herausfinden zu müssen.

Bevor er überhaupt bemerkte, was sie tat, hatte Poppy ihm einen Handschuh ausgezogen. Nachdem er den zweiten abgelegt hatte, nahm sie ihn beim Arm und führte ihn zum Sofa, das dicht beim Feuer stand. Wenige Augenblicke später kam sie mit einem Glas Brandy zurück, das sie ihm in die Hand drückte.

Dankbar hob er das Getränk an die Lippen. Ein weiteres Stöhnen, gefolgt von einem schrillen Klagelaut, erfüllte das Häuschen. Er zuckte zusammen und darauf schwappte ihm die Hälfte der Flüssigkeit aus seinem Glas über die Hand und auf den Fußboden. »Verdammter Mist«, murmelte er. Er musste sich zusammenreißen.

Poppy eilte zu ihm, um ihm den Brandy von der Hand und dem Handgelenk zu wischen, ehe sie dasselbe mit den Spritzern auf dem Fußboden tat. »Trink.«

Dazu musste er sich nicht überreden lassen. Als er den Inhalt des Glases in einem Schluck hinunterstürzte, hieß er den würzigen Fruchtgeschmack willkommen. Aber es war nicht genug. Er hielt das leere Glas für sie hoch, damit sie es noch einmal auffüllte. Einen Augenblick später drückte sie es ihm wieder in die Hand. Dieses Mal trank er nur einen kleinen Schluck. Und schaffte es, nichts zu verschütten, als ein langes, lautes, schauerliches Stöhnen die Grundfesten des Häuschens zu erschüttern schien.

»Soll ich nachsehen?«, fragte Poppy ihn leise.

Er sah zu ihr auf und nickte. »Bitte.«

Sie ließ ihn allein, und dann hörte er es – das wunderschöne, unverkennbare Geräusch eines Babyschreis. Seine innere Spannung ließ nach und er sackte auf das Sofa zurück. Er starrte in das Feuer, ohne es wirklich wahrzunehmen, während er den Geräuschen geschäftiger Schritte im Nebenraum lauschte – Dr. Fisk erteilte Befehle, und da war dieser melodische Schrei.

Melodisch?

Er wischte sich mit der Hand übers Gesicht und lachte angesichts seines jämmerlichen Zustands. Nach einigen Minuten kehrte Poppy zurück. »Es ist ein Mädchen«, sagte sie grinsend. »Dr. Fisk sagt, dass die Geburt gut verlaufen sei. Dinah ruht sich jetzt aus.«

»Und das Baby?« All die Anspannung, die gerade erst aus Gabriel gewichen war, sammelte sich erneut und er verkrampfte sich innerlich.

»Es nuckelt.« Schnell fügte sie hinzu. »Es gibt keine Säugamme.« Hatte sie seine Gedanken gelesen? Sein erster Gedanke war, dass Dinah ihre Entscheidung getroffen hatte und ihr Baby behalten würde.

Ihre Tochter.

Plötzlich wurde ihm bewusst, dass er nie eine Tochter haben würde, die wie ihre Mutter aussah. Gabriel zerging innerlich. Seine Kehle war wie zugeschnürt und er zwang sich, Luft zu holen.

Poppy setzte sich neben ihn. »Willst du gehen oder möchtest du lieber noch eine Weile bleiben?«

»Bleiben.« Er musste wissen, was Dinah vorhatte. Und er wollte das Baby sehen.

Gabriel nippte an seinem Brandy und Poppy setzte sich still neben ihn, wobei ihr Oberschenkel gegen seinen drückte. Dr. Fisk kam endlich aus dem Schlafzimmer und sein rötliches Gesicht war von Schweiß überzogen.

»Guten Abend, Mylord«, grüßte er mit einer Verbeugung. Der Arzt war in seinen Fünfzigern und ein gutherziger und großzügiger Mann mit einer eigenen großen Familie, einschließlich eines Sohnes, der beabsichtigte, ebenfalls Arzt zu werden. Dr. Fisk, der oft von seiner Frau und einigen seiner Kinder begleitet wurde, betreute die Frauen und Kinder von Hartwell House, ohne eine Bezahlung dafür zu akzeptieren.

Gabriel, der sein Glas auf einem kleinen Tisch abstellte, erhob sich, um dem Mann die Hand zu schütteln. »Guten Abend, Dr. Fisk. Vielen Dank, dass Sie Dinah betreut haben. Ich höre, dass alles so verlaufen ist, wie es sollte.« Er vernahm den Anflug einer Frage in seiner Stimme, obwohl Poppy ihm bereits berichtet hatte, dass alles gut verlaufen war.

»Sehr! Obwohl eher, ähm, lautstark, war Miss Kitson eine vorbildliche Patientin.«

»Sie wird sich erholen?«

»Ich habe jede Aussicht darauf, Mylord«, entgegnete Dr. Fisk leutselig, als er auf das Glas Brandy schielte. »Ich könnte Euch wohl nicht wegen eines Gutenachttrunks behelligen?«

»Ich werde mich darum kümmern«, erbot Poppy sich mit einem Lächeln.

Gabriel durchlitt eine gute halbe Stunde – mindestens – belanglosen Geplauders mit Dr. Fisk, ehe der Arzt noch einmal in das Schlafzimmer zurückkehrte. Dann verabschiedete er sich mit dem Versprechen, die Mutter und das Baby in einigen Tagen zu besuchen.

In dem Moment, als er ging, nahm Gabriels Furcht sogar noch mehr zu und es kostete ihn große Anstrengung, den Arzt nicht zu bitten, umzukehren. Was würde passieren, wenn Dinahs Zustand oder der des Babys sich zum Schlechteren wandelten?

Dorothy kam aus dem Hinterzimmer und trug einen Korb mit schmutziger Bettwäsche. »Mylord, Mylady, wenn Ihr zu einem kurzen Besuch kommen wollt, seid Ihr willkommen.«

Poppy steuerte auf das Schlafzimmer zu, doch dann hielt sie inne, weil sie wahrscheinlich erkannte, dass Gabriel sich nicht vom Fleck bewegt hatte. Er starrte verängstigt auf das Zimmer und war unfähig, seine Füße zu bewegen.

Sie ging zurück zu ihm und nahm seine Hand. »Geht es dir gut?«

Irgendwie brachte er es fertig, zu nicken. Dann tat er einen Schritt. Und noch einen. Als sie die Türschwelle erreichten, nahm er einen Duft in der Luft wahr, und es war etwas, das er nicht beschreiben konnte. Irgendetwas, das er mit Verzweiflung in Verbindung brachte. Eine Erinnerung brach über ihn herein.

Seine Mutter lag im Bett ... das Gesicht blass, der Körper kalt. Er hätte nicht dort sein dürfen. Aber er wollte seine geliebte Mama sehen, und ihr sagen, wie leid es ihm tat, dass sein kleiner Bruder gestorben war.

Er nahm ihre Hand. Normalerweise drückte sie seine Finger und nannte ihn ihren »süßen Jungen«. Sie tat nichts davon.

»Mama?«, flüsterte er und stellte sich auf die Zehenspitzen, damit er sich zu ihr beugen konnte.

Sie rührte sich nicht. Er ließ ihre Hand los und fand einen Schemel, um auf das Bett zu klettern. Gerade als er die Hände auf die Matratze gelegt hatte, um sich abzustoßen, kam sein Vater herein und schrie ihn an, dass er weggehen sollte.

»Sie ist gegangen, Junge!«

»Gabriel? Gabriel, kannst du mich hören?« Poppy stand mit weit aufgerissenen Augen vor ihm, die Hände auf seinen Wangen und ihre Worte waren ein verzweifeltes Flehen.

Er blinzelte, als er in die Gegenwart zurückkehrte, zu diesem Duft, der nicht ganz der gleiche war, aber ähnlich. Das Blatt konnte sich so schnell wenden …

»Sie wird sterben«, flüsterte er und sein Blick schweifte an Poppy vorbei zum Bett, wo Dinah lag und ihr Baby im Arm hielt. In eine Decke gehüllt und an die Brust ihrer Mutter geschmiegt, war das Mädchen kaum zu sehen. Vielleicht war sie bereits gegangen …

Poppy zog seinen Kopf herab und zwang ihn, sich wieder auf sie zu konzentrieren. »Schau mich an, Gabriel. Du darfst nicht so denken. Es geht ihr gut. Und dem Baby geht es gut.«

»Jetzt. Aber du weißt ebenso gut wie ich, dass sich das ändern kann.«

»Es kann sich für uns alle ändern«, erwiderte sie und sprach dabei mit leiser Stimme. Doch ihr Tonfall war harsch.

Ehrlich. Verdammt unerbittlich. »Du und ich können heute Abend hinaus gehen und uns kann von Straßenräubern aufgelauert werden, die uns umbringen. Oder wir können an Fieber erkranken und innerhalb von zwei Wochen sterben. Oder vielleicht gibt es ein Feuer und Ash wäre nicht hier, um uns zu retten. Schlimme Dinge können passieren, mein Liebster. Sie passieren die ganze Zeit. Aber gute Dinge auch. Auf diese sollten wir uns konzentrieren, für sie beten und sie feiern. Wenn wir das nicht tun ... Was bleibt dann?«

Er hörte ihre Worte und kam auf dieselbe Frage – was bleibt dann? Er beobachtete Dinah, die den Kopf geneigt hatte, und das Baby küsste, das sie an ihrer Brust hielt. Sie lächelte und flüsterte dem Mädchen etwas zu und alles an ihr strahlte vor Freude und Liebe.

Sie würde ihre Tochter nicht verlassen.

Von wegen gute Dinge. Gabriel stählte sich und ging dann um Poppy herum auf das Bett zu. »Sie sehen gut aus«, stellte er fest und klang dabei überraschend normal.

Dinah hob den Kopf zu ihm. Sie wirkte blass, aber nicht in einem ungesunden Maß. Ihr Blick war müde, doch ihr Mund schien in einem halben Lächeln fixiert zu sein. In der Tat hatte er sie noch nie in so guter Stimmung erlebt.

»Ich habe ein kleines Mädchen«, sagte sie.

Da war seine Antwort. Aber er hatte dies bereits vermutet. »Das habe ich gehört. Haben Sie schon einen Namen für sie ausgesucht?«

Dinah sah auf das Baby hinab und schüttelte den Kopf. »Ich habe mir nie gestattet, an einen Namen zu denken, denn ich dachte, dass ich das nicht tun sollte.«

Poppy war zu ihnen ans Bett getreten und stand auf der anderen Seite. »Warum?«

Den Blick auf Poppy gerichtet, sprach Dinah mit leiser, fast trauriger Stimme. Sie klang nicht ganz wie sie selbst – zumindest nicht wie die Frau, die Gabriel kennengelernt hatte. »Ich hatte nicht gedacht, dass ich Mutter sein würde. Ich glaubte nicht, dass ich es tun sollte.«

Er musste sich anstrengen, um den letzten Teil zu verstehen. Er sah zu Poppy hinüber, und nahm das Aufflackern des Schmerzes und der Enttäuschung in ihrem Blick wahr und spürte den Widerhall der Emotionen in seinem Herzen. Sie kaschierte die Gefühlswallung schnell und lächelte Dinah mit Sympathie und Verständnis an.

»Natürlich sollten Sie«, entgegnete Poppy mit aufrichtiger Ermunterung. So sehr sie dieses Baby wollte, wusste Gabriel, dass sie diese Frau in ihrer Entscheidung unterstützen würde, Mutter zu sein.

»Ich weiß, Ihr hattet gehofft –« Dinah sprach den Satz nicht zu Ende und spannte den Kiefer an, als sie ihre Aufmerksamkeit wieder ihrer Tochter zuwandte. Sie hielt das Mädchen fest an sich gedrückt, als ob sie Angst hätte, sie zu verlieren. Gabriel würde das Gleiche tun, wenn es sein Kind wäre.

Poppy berührte Dinah am Arm. »Ich hoffte, dass Sie Frieden finden, um eine Entscheidung zu treffen, bei der Sie fühlen, dass sie für Sie selbst und das Baby die Beste ist.«

Als Dinah erneut aufsah, waren ihre Augen tränenerfüllt. »Ihr hattet recht, Mylady. Ich bin verliebt. Ich kann sie niemals wieder gehen lassen.«

»Natürlich können Sie das nicht.«

Gabriel konnte nicht glauben, dass Poppys Stimme nicht stockte. Und wenn sein Leben davon abhinge, dachte er nicht, dass er auch nur ein Wort hervorbringen könnte.

»Ich bin so froh, dass wir Ihnen helfen konnten, Mutter zu werden und Ihnen einen sicheren Hafen zu bieten«, erklärte Poppy, während sie Dinah über den Arm streichelte. »Wenn Sie sich erholt haben, können wir uns über die Zukunft unterhalten. Ihre Zukunft – Ihre eigene und die Ihrer Tochter.«

Dinah nickte und fuhr sich mit der Hand über die Augen. »Ich habe darüber nachgedacht, was Ihr zuvor angesprochen hattet, dass ich Lehrerin in Hartwell House werden sollte. Ich – ich würde das sehr gern versuchen.«

Poppys Augen leuchteten erfreut auf – und es war aufrichtige Glückseligkeit inmitten dieser vernichtenden Enttäuschung. »Wundervoll! Wir werden die Einzelheiten ausarbeiten müssen, aber wir haben so viele Pläne für Hartwell House und jetzt werden Sie ein Teil davon sein.«

»Danke.« Dinah sah von Poppy zu Gabriel und ihre Augen füllten sich erneut mit Tränen. »Ich kann Euch nicht genug danken – niemals. Ihr habt mein Leben verändert. Ihr habt mir ein Leben *gegeben*. Wie passend, dass es Nikolaustag ist.« Sie lächelte auf ihre Tochter hinab. »Wenn sie ein Junge wäre, würde ich ihn Nicolas nennen.«

»Warum nicht Nicola?«, schlug Poppy vor.

»Oh, das ist perfekt.« Dinah tippte mit der Fingerspitze vorsichtig an die Nase ihrer Tochter. Das Baby schniefte und Dinah lachte leise. »Nicola, mein Liebling.«

Gabriel musste gehen. »Poppy, wir sollten die beiden zur Ruhe kommen lassen.«

»Ja, das sollten wir.« Poppy verabschiedete sich mit einem letzten Tätscheln von Dinahs Arm und dann gingen sie.

Sie unterhielten sich kurz mit Judith, die vorhatte, mindestens noch einige Tage bei Dinah zu bleiben. Poppy versprach, mit Mrs. Armstrong zu sprechen, um Dinah und Nicola nach Hartwell House umzusiedeln. Gabriel hörte den beiden zu, wie sie ihre Ideen besprachen, um dies zu bewerkstelligen, aber er vernahm die Worte nicht wirklich. Er war in das Zimmer mit seiner Mutter zurückgekehrt.

Irgendwie saßen Poppy und er bald darauf abfahrbereit im Einspänner. Er nahm die Zügel auf und fuhr auf die Abbey zu, wobei seine Muskeln sich wie Automaten bewegten. Nach mehreren Minuten stieß Poppy die Luft aus, als sie sich eng an ihn drückte. »Was für ein langer Tag.«

»Ich habe meine Mutter tot aufgefunden.«

Die Worte polterten aus seinem Mund wie eine Lawine aus Steinen, die ihn zerschmettern würde, wenn er nicht floh. Gabriel konnte nirgendwohin fliehen.

Poppy versteifte sich neben ihm. Er sah sie nicht an, aber er konnte ihren Blick auf ihm spüren, wie die Sonnenstrahlen an einem heißen Sommertag. Allerdings war ihm nicht warm. Die Nacht war kalt und innerlich fühlte er sich sogar noch kälter. Absurderweise fragte er sich, ob sich Poppys Bruder wohl auch so fühlte.

»Das hast du mir nie erzählt«, antwortete sie darauf leise.

»Ich habe mich erst heute Abend wieder daran erinnert.«

Unter der Decke, die sie über ihre Beine gebreitet hatte, legte sie eine Hand auf seinen Oberschenkel. »Deshalb wurdest du so leichenblass. Ich hatte mir Sorgen gemacht, dass du ohnmächtig werden könntest.«

»Es war der Geruch. Es roch nach Geburt, vermute ich.« Er schüttelte kaum merklich den Kopf und richtete den Blick erneut auf die dunkle Straße, die von den seitlich an der Kutsche hängenden Lampen kaum erleuchtet wurde.

»Das hat die Erinnerung ausgelöst?«

Er schluckte, als die Rückbesinnung in Bruchstücken wiederkehrte – er wollte nicht alles davon. »Ich hatte sie nur sehen wollen, um ihr zu sagen, wie leid es mir tat, dass mein kleiner Bruder gestorben war.«

»Er war totgeboren.«

»Ja. Mein Vater sagte mir, dass ich sie nicht besuchen könnte, weil sie müde sei und sich nicht wohlfühlte. Aber ich musste sie einfach sehen.« Seine Stimme fing an zu brechen. Er packte die Zügel und war froh, dass die Fahrt so kurz war und sie die Stallungen fast erreicht hatten.

»Gabriel.« Der Kummer in der Stimme seiner Frau ließ ihn beinahe die Fassung verlieren.

»Bitte nicht, Poppy«, flüsterte er kaum hörbar. »Ich kann nicht.«

Er fuhr zum Seiteneingang und hielt die Kutsche an. »Geh hinein. Es ist kalt.«

»Ich werde dich zum Stall begleiten und dann können wir zusammen zum Haus laufen.«

»Nein. Bitte geh.«

Sie drehte sich zu ihm – er konnte ihre Bewegungen spüren. »Ich werde dich nicht allein lassen. Nicht so. Du bist aufgebracht.«

»Poppy, *geh!*«

Das Geräusch, das sie erzeugte, als sie die Luft scharf einsog und das Gefühl, wie ihr Körper an seiner Seite stocksteif wurde, trug nicht zur Linderung seiner innerlichen Qualen bei. Im Gegenteil, er fühlte sich nur noch mehr wie ein Versager. Sie hatte ein Kind verdient und er konnte ihr keines geben.

Sie stieg aus der Kutsche und ging hinein, wobei sie sich zu ihm umdrehte und ihn ansah, als sie die Tür erreichte.

Gabriel konnte ihren Blick nicht erwidern. Er hätte ihr zumindest von der Kutsche helfen sollen, aber er war zu verstrickt in sich selbst. In seine schmerzerfüllte Vergangenheit.

In die triste Zukunft.

Er fuhr zum Stall und versorgte das Pferd selbst,

während die Knechte sich um das Geschirr und die Kutsche kümmerten. Er bewegte sich langsam und es war ihm egal, wie lange die Aufgabe beanspruchen würde. Er wollte weder irgendwo sein noch musste er irgendwo hin.

Ja, es war Nikolaustag. Ein Tag des Gebens und des Teilens. Noch nie hatte er sich sinnentleerter gefühlt.

~

»*E*rzähl mir, wie es dir gefällt, verheiratet zu sein«, forderte Poppy Bianca auf, als sie nach Hartwood fuhren. Wenn sie es fertigbringen könnte, die Unterhaltung von sich selbst abzulenken, würde sie es vielleicht schaffen, ihren Zusammenbruch zu verhindern. Und dennoch fragte sie sich, ob es ihr vielleicht guttun würde, ihre Probleme mit jemandem zu besprechen. Nein, nicht mit jemandem. Mit ihrer Schwester.

Bianca lachte und Poppy, die sich von dem herrlichen Klang ergriffen fühlte, schwelgte in seinem Frohsinn und der Herzlichkeit, die ihm innewohnten. »Es ist erst eine Woche. Aber es ist absolut zauberhaft.« Sie warf Poppy einen wissenden Blick zu, die nicht anders konnte, als ebenfalls zu lachen.

»Ich verstehe«, murmelte Poppy. »Ich bin froh, dass du zufrieden bist. Du hast sehr gut gewählt. Ash ist perfekt für dich.«

Grinsend schob Bianca den Umhang um sich zurecht und es war fast, als würde sie sich herausputzen. »Ja, das ist er. Er ist wegen des neuen Shield´s End ganz aufgeregt.« Sie legte den Kopf schief. »Es wird merkwürdig sein, die Institution für verarmte Frauen nicht als Hartwell House zu bezeichnen. Vielleicht sollten wir den Namen beibehalten.«

»Außer, dass Hartwell House weiterhin als Schule exis-
tieren wird.«

Bianca sog die Luft ein. »Das ist wahr. Wir sollten das
einfach anpassen. Shield's End wird die Institution sein
und Hartwell House die Schule.« Sie schüttelte den Kopf
und lächelte. »Wie entzückend es sein wird, wenn alles
fertig ist.« Sie sah zu Poppy hinüber. »Ich war so erfreut zu
hören, dass Dinah einverstanden ist, die Kinder zu unterrichten.«

Die Erwähnung von Dinah versetzte Poppy einen Stich
und öffnete die Wunde erneut, die sie in den vergangenen
sechs Tagen zu heilen versucht hatte. Das zu bewerkstelligen erwies sich als schwierig, insbesondere, weil Gabriel
kaum mit ihr sprach. Er sprach kaum zu irgendjemandem.
Und er schlief nicht in ihrem Bett.

Poppy hatte Dinah und Nicola verschiedene Male
besucht. Sie machten sich sehr gut. Dinah werkelte bereits
in ihrem Häuschen und Nicola war ein großes, gesundes
Baby. Dr. Fisk war sehr erfreut über ihre Genesung. In
einigen Tagen würde Judith nach Hartwell House
zurückkehren.

»Sie wird wundervoll in dieser Rolle sein«, erklärte
Poppy. »Wir haben besprochen, wie sie vorgehen will, und
sie hat viel über die Stellung nachgedacht. Sie würde gern
nach dem Dreikönigsfest anfangen, aber ich habe ihr geraten, die Sache langsam anzugehen.«

»In der Tat. Sie hat alle Hände voll zu tun, stelle ich mir
vor.« Bianca blieb für einen Augenblick still, doch ihr Blick
war auf Poppy fixiert. »War es schwierig gewesen?«, fragte
sie leise. »Zeit mit Dinah und ihrem Baby zu verbringen?«

Poppy spannte sich an. »Nein.« Das war eine Lüge.
Warum sollte sie ihre Schwester anlügen? »Ja. Aber ich
freue mich sehr für sie – ich bin froh, dass sie sich
entschieden hat, zu bleiben und Nicolas Mutter zu sein.«

»Das macht es keinesfalls leichter.« Bianca zog eine Augenbraue hoch und ihre Mundwinkel senkten sich, als das Mitgefühl ihren Blick trübte. »Es tut mir leid.«

»Am meisten mache ich mir im Grunde um Gabriel Sorgen.« Soviel dazu, das Thema zu vermeiden. »Die Geburt hat Erinnerungen an den Tod seiner Mutter geweckt. Er ist unglaublich aufgebracht.«

»Hat es bei dir das Gleiche bewirkt?«, fragte Bianca.

Poppy schüttelte den Kopf. »Ich wurde nicht an unsere Mutter erinnert. Ich erinnere mich überhaupt nicht an sie. Gabriel war viel älter als ich, als er seine Mutter verlor.« Sie verstummte, ehe sie noch offenbarte, wie besorgt sie tatsächlich war.

»Ihr werdet Euch da hindurcharbeiten«, stellte Bianca mit einer Zuversicht fest, die Poppy nicht empfand. »Ich bete, dass meine Ehe mit Ash ebenso liebevoll und fürsorglich sein wird, wie deine mit Gabriel. Ihr unterstützt und liebt einander.« Sie sah Poppy mit einem kleinen, bewundernden Lächeln an. »Es ist so zauberhaft, das anzusehen.«

Poppy blinzelte und dann richtete sie den Blick aus dem Fenster. Sie wusste, dass Bianca ihr zu helfen versuchte, doch ihre Worte erinnerten Poppy nur daran, wie sie einander gerade jetzt nicht unterstützten. Und sie wollte für Gabriel da sein. Wenn er sie lassen würde.

Poppy schniefte und richtete ihr Rückgrat gerade. »Lass uns besprechen, wie wir heute vorgehen sollen. Welchen Gewinn erhoffen wir uns von unserem Besuch bei Calder?«

Sie hatten darüber gesprochen, ihrem Bruder einen Besuch abzustatten, und waren zu dem Schluss gekommen, dass es höchste Zeit war. »Wir haben so viel, worüber wir mit ihm reden müssen«, entgegnete Bianca mit geschürzten Lippen. »Wo sollen wir anfangen?«

»Ich würde ihm gern die Leviten lesen, weil er nicht zu deiner Hochzeit erschienen ist.«

Bianca krauste die Lippe. »Er hat sie nicht befürwortet.«

»Was für ein Gerede«, bemerkte Poppy angewidert. »Nachdem ich ihn deshalb ausgeschimpft habe, sollten wir ihn bestrafen, weil er sich weigert, Hartwell House zu unterstützen. Es liegt in Trümmern und er könnte helfen, es morgen instand zu setzen.«

»*Bestrafen?*«, kicherte Bianca. »Warum, Poppy, färbe ich etwa auf dich ab?««

»Es hatte so kommen müssen.« Abgesehen davon hatte Poppy bereits genügend Konflikte. Sie brauchte keine weiteren mehr von ihrem idiotischen Bruder.

»Wir sollten auch die Veranstaltung erwähnen. Er sollte wirklich daran teilnehmen.«

»Warum, damit er seine düstere Wolke überall verbreiten kann?«, brummte Poppy leise. »Entschuldigung. Ich lasse meine Frustration an Calder aus.«

»Ich kann mir niemanden vorstellen, der es mehr verdient hätte«, murmelte Bianca.

Sie trafen auf Hartwood ein und Truro, der Butler begrüßte sie herzlich. »Darf ich sagen, dass Euch die Ehe gut zu Gesicht steht, Lady Bianca?« Er schüttelte den Kopf. »Verzeiht mir, Lady *Buckleigh*.«

»Das tut sie, Truro«, antwortete sie fröhlich. »Und bitte, machen Sie sich wegen mir keine Gedanken um die Schicklichkeit.« Sie wackelte mit den Augenbrauen und er konnte sich ein Schmunzeln nicht verkneifen.

»Und Lady Darlington, darf ich sagen, wie schön es ist, Euch zu sehen.«

»Danke, Truro. Ich bin ebenfalls erfreut, Sie zu sehen. Ich hoffe, unser Bruder bereitet Ihnen nicht allzu viel Kummer.«

In Truros Augen flackerte Überraschung auf und vielleicht … Wertschätzung. »Überhaupt nicht, Mylady.«

»Sie können ehrlich zu uns sein«, meinte Bianca verschwörerisch und beugte sich näher zu dem Butler. »Wir wissen, wie Seine Gnaden sein kann. Und wir sind hier, um das zu beheben.«

»Nun, Ihr könnt es versuchen, Mylady.« Er riss kurz die Augen auf und dann nickte er einmal, wobei er das Haupt für einen winzigen Augenblick gesenkt hielt.

Bianca nickte entschlossen. »Wir werden es einfach tun. Wollen Sie jetzt den Herzog informieren, dass wir hier sind? Wir werden ihn im Salon erwarten.«

Poppy und Bianca überreichten einem Diener ihre Straßenkleidung und dann begaben sie sich in den Salon. Bianca sah sich um, als ob sie noch nie zuvor hier gewesen wäre. »Es ist sonderbar, als Gast hier zu sein.«

»Ja, es hat etwas gedauert, bis ich mich daran gewöhnt hatte.« Poppy war nicht sicher, ob es an ihrer augenblicklichen Situation oder Calders Kälte lag, aber noch nie hatte sie sich hier unwohler gefühlt.

»Er hat noch nicht einmal geschmückt«, bemerkte Bianca, als sie den Raum in Richtung des Kamins durchquerte. »Hier sollten Äste sein. Und Mistelzweige.«

»Meine Schwestern sind eingetroffen.«

Die tiefe Stimme ihres Bruders veranlasste sie beide, sich zur Tür umzudrehen. Er füllte sie mit seiner hochgewachsenen Gestalt und den breiten Schultern auf eindrucksvolle Weise aus. Mit einem Blick aus seinen frostig grauen Augen nahm er sie kurz in Augenschein, als wäre er nicht gänzlich erfreut, sie zu sehen. Nein, »erfreut« war kein Wort, das zur Beschreibung von Calder passte, vor allen Dingen nicht wegen des harschen Zuges um seinen Mund und den beinahe ständigen Furchen, die sich in seine Stirn gruben.

Bianca runzelte die Stirn. »Du musst noch weiter an deinen Begrüßungen arbeiten.«

»Du musst an jeder Menge Dinge arbeiten«, fügte Poppy hinzu und dann zuckte sie innerlich zusammen. Sie hatte nicht gleich auf diese Weise mit der Tür ins Haus fallen wollen – was war los mit ihr?

Sie war wütend. Und traurig. Und sie brauchte etwas, das sie in Ordnung bringen konnte.

Calder schlenderte ins Zimmer ließ sich in dem hochlehnigen Sessel neben dem Sofa nieder. Er bot ihnen keinen Platz an. »Dann raus mit der Sprache. Warum seid ihr den ganzen Weg hierhergekommen? Aber macht es kurz. Ich bin recht beschäftigt.«

»Womit?«, verlangte Bianca zu wissen, und marschierte auf ihn zu, um sich auf das Sofa zu setzen. »Du hast keine Ehefrau. Du hilfst nicht in Hartwell House. Du richtest das Fest zum zweiten Weihnachtstag nicht aus. Was *beschäftigt* dich?«

»Ein Herzog zu sein.« Sein eisgrauer Blick war kälter als ein Eissplitter und sein Tonfall arrogant.

Poppy kam näher, um sich neben ihre Schwester zu setzen. »Nun, ich bin eine verheiratete Herzogin und ich schaffe es dennoch, Zeit für Hartwell House zu erübrigen. Und das Fest zum zweiten Weihnachtstag.« Und eine ganze Reihe anderer Dinge.

»Du bist eine Frau.«

Bianca sah ihn mit einem drohenden Blick an. »Vorsichtig Calder, oder ich werde dir etwas an den Kopf werfen.«

»Wenn ihr beiden wirklich nur hergekommen seid, um mich zu beschimpfen, habt ihr eure Zeit verschwendet.« Er fing an, sich zu erheben.

»Setz dich«, sagte Poppy. »Bitte. Wie wollen mit dir über Hartwell House sprechen. Es ist in einem erbarmungswürdigen Zustand und wenn du die Unterstützung wieder bewilligen würdest, die Papa gegeben hatte, könnten wir –«

»Nein.«

Bianca streckte die Hand nach Poppys aus und drückte sie fest. »Warum nicht?«

»Weil ich die Mittel nicht habe.«

»Unsinn«, widersprach Bianca. »Wenn Papa es sich leisten konnte, warum kannst du es nicht? Wie hast du die Dinge in so kurzer Zeit so schlecht verwaltet?«

Calders Blick wurde – und es war scheinbar unmöglich – noch kälter. »Wie weißt du, dass er sich das leisten konnte?« Seine Stimme war gefährlich sanft.

Poppy hatte das Gefühl, diesen Mann überhaupt nicht zu kennen. Ihre Wut begann, einem Gefühl der Beunruhigung zu weichen.

»Willst du damit sagen, dass Papa die Dinge schlecht verwaltet hätte?«

»Ich sage, dass du nichts über den Besitz weißt oder was ich mir leisten kann. Außerdem solltet ihr mich nicht damit belästigen. Ihr seid jetzt beide verheiratet.« Er bedachte Bianca mit einem knappen Blick. »Ich sollte wohl meinen, dass ihr all eure Aufmerksamkeit euren Ehemännern zukommen lasst.«

Poppy konnte nicht still bleiben. »Ja, wir sind verheiratet. Warum bist du nicht zu Biancas Hochzeit erschienen? Wir wissen, dass du eingeladen worden bist.«

»Ich habe die Wahl ihres Ehemannes nicht befürwortet. Er ist ein brutaler Boxer, der sich scheinbar nicht kontrollieren kann. Warum sollte ich etwas unterstützen, was ich nicht befürworten kann?«

Ein tiefes, frustriertes Stöhnen stieg aus Poppys Kehle auf. »Was ist mir dir passiert? Warum bist du so grauenvoll, so gefühllos?«

Wieder machte er Anstalten, sich zu erheben und richtete sich dieses Mal zu voller Größe auf. »Wenn weiter nichts anliegt …«

»Da ist noch jede Menge anderes«, fauchte Bianca. »Wie beispielsweise das Fest am zweiten Weihnachtstag nicht auszurichten. Hast du gewusst, dass wir es auf Shield´s End hatten veranstalten wollen?«

»Es ist niedergebrannt.«

Bianca ließ Poppys Hand los und stand auf, um ihn anzustarren. »Ja, und Ash dankt dir für deine Anteilnahme.« Sie trat einen Schritt auf ihn zu. »Warum willst du Poppy nicht antworten? Was hat dich nur so gemacht? Wie kannst du denen den Rücken zukehren, die in Not sind? Mehrere Zimmer in Hartwell House sind undicht. Die Institution platzt vor Bewohnern aus den Nähten. Bis Shield´s End wieder aufgebaut ist, müssen wir Hartwell House wieder bewohnbarer machen. Du *musst* helfen.«

»Ich muss überhaupt nichts tun. Wenn du und dein Ehemann« – er warf Poppy einen Blick zu – »und auch deiner, ihr Geld für ein Vorhaben verschwenden wollt, das keinen Gegenwert verspricht, seid ihr wirklich hohlköpfig.«

Poppy erhob sich auf zittrigen Beinen, als sie ungläubige Blicke mit Bianca austauschte.

»Hohlköpfig?«, fragten sie wie aus einem Mund und ihre Stimmen wurden immer lauter.

Er zuckte die Schultern. »Es gibt nichts dabei zu gewinnen, die Bedürftigen zu verhätscheln. Die Institution sollte in ein formelles Armenhaus umgewandelt werden. In der Tat informiere ich mich, wie das vonstattengehen könnte.«

Ihnen standen die Münder offen und Bianca fand ihre Stimme zuerst. »Das kannst du nicht. Mrs. Armstrong wird dir nie gestatten, es in ein Armenhaus umzuwandeln.«

»Nun, ich bin der Magistrat und es obliegt mir, dafür zu sorgen, dass Ordnung in der Gemeinde herrscht. Hartwell House wird möglicherweise nicht so weiterexistieren können. Die Institution sollte von der Pfarrei geführt werden.«

»Hartwell House ist nicht in Unordnung.« Poppy klang, als würde sie ersticken. Und vermutlich tat sie das – an der Grausamkeit ihres Bruders und seiner Verachtung für die Bedürftigen.

Bianca berührte Poppy am Unterarm. »Poppy, gib dir keine Mühe. Ich fürchte, er ist für uns verloren. Sieh dich nur hier um. Hier ist keine Freude. Keine Wärme.« Sie sah ihn mit einem bedauernden Blick an. »Und zu glauben, dass ich dich überzeugen wollte, zur Veranstaltung zu kommen.«

Er krauste die Lippen. »Welche Veranstaltung?«

»Die Weihnachtszusammenkunft *in zwei Tagen*«, antwortete Bianca. »Wir halten sie jedes Jahr ab. Aber andererseits bist du normalerweise ohnehin nicht da. Du bist seit mehr als einem Jahrzehnt nicht da gewesen. Jetzt bist du zurück und hast unser Familienvermächtnis vollkommen zerstört.«

Bianca trat auf ihn zu und stand direkt vor ihm, sodass er ihr in die Augen sehen musste. »Was ist mit dir passiert?«, fragte sie leise und versuchte, ihre Stimme mit Fürsorglichkeit zu unterlegen. Es war nicht schwer. Er war ihr Bruder. Irgendwo dort drin war der Junge, der sie über den Besitz geführt und Piraten mit ihnen gespielt hatte.

Er sah sie an, aber die Verbindung hatte nur kurzen Bestand. Sein Unbehagen, seine *Antıpathie* strahlten von ihm aus wie ein übler Geruch, der sich nicht abwaschen ließ. »Nichts.«

»Felicity Garland ist zurück«, erklärte Poppy, die nach der kleinsten Reaktion Ausschau hielt.

Da. Ein schwaches Flackern in seinen Augen. Es verblasste so schnell, dass sie sich das auch eingebildet haben könnte.

Er blinzelte sie an und legte den Kopf ein wenig schief, als ob er verärgert wäre. »Felicity wer?«

Jetzt wusste sie, dass er einfach log. Poppy höhnte und wandte sich von ihm ab. »Ja, ich wage zu behaupten, dass er ein hoffnungsloser Fall ist. Komm, lass uns gehen. Draußen ist es weitaus wärmer als hier drin.«

»Ja, tut das. Kehrt zurück zu euren Ehemännern. Zu eurem *glücklichen* Leben.«

Poppy hatte sich bereits umgedreht, doch jetzt schwang sie den Kopf wieder zu ihm herum. Bianca tat das Gleiche. Die beiden musterten ihn einen Augenblick, ehe sie sich unterhakten und aus dem Salon marschierten.

»Warum frage ich mich bloß, wann wir ihn wiedersehen werden?«, wollte Poppy wissen.

»Weil das sehr, sehr lange dauern könnte«, entgegnete Bianca unheilvoll.

Poppy befürchtete, dass sie recht hatte.

KAPITEL 9

*N*achdem sie sich von Truro verabschiedet und dafür entschuldigt hatten, mit dem Herzog keinen Schritt weitergekommen zu sein, stiegen Poppy und Bianca in die Kutsche von Buckleigh und brachen nach Hartwell House auf. Leider hatten sie keine guten Nachrichten zu verkünden. Poppy wollte wieder hineingehen und ihren Bruder erdrosseln.

»Jetzt bist du diejenige, die aussieht, als ob sie einen Mord begehen wollte«, stellte Bianca fest. Als Poppy sie alarmiert ansah, lachte Bianca. »Das hast du mir an dem Tag vorgeworfen, als du gekommen bist, um mich zu Thornabys Hausparty zu begleiten.«

Poppy lehnte sich entspannt gegen die Rückenlehne. »Das stimmt. Nun, jetzt verstehe ich es.« Sie verstand viele Dinge, einschließlich der Wirkung von Felicity Garland.

»Ich denke, dass Felicity etwas mit seiner Veränderung zu tun haben muss«, sinnierte Bianca und klopfte mit dem Finger gegen die Seitenwand der Kutsche.

»Ich habe gerade dasselbe gedacht. Meinst du, sie würde uns etwas sagen, wenn wir sie fragen?«

»Es ist einen Versuch wert«, entgegnete Bianca. »In der Zwischenzeit müssen wir uns damit abfinden, dass es unseren Bruder anscheinend nicht mehr gibt.«

»Ich bin nicht bereit, ihn abzuschreiben.« Poppy konnte nicht glauben, was sie da sagte. Da sie jedoch keine eigenen Kinder haben konnte, war ihr bewusst, wie klein ihre Familie war. Sie mussten füreinander da sein, auch wenn einer von ihnen, um Gabriel zu zitieren, ein elender Hund war.

Sie kamen in Hartwell House an und trugen die Körbe mit Leckereien aus den Küchen von Buckleigh und Darlington hinein. Mrs. Armstrong begrüßte sie und führte sie in den Salon, wo die Kinder für ihre Nachmittagsgeschichte versammelt waren.

Ein kleines Mädchen, das vielleicht fünf Jahre alt war und auf den Namen Susan hörte, lief auf Bianca zu und schlang ihr die Arme um die Röcke. »Lady Bianca! Seid Ihr gekommen, um uns vorzulesen?«

Bianca lachte. »Aber ja.« Sie sah zu Mrs. Armstrong hinüber, die nickte.

Mrs. Armstrong warf Poppy einen Seitenblick zu. »Ich lese ihnen nie vor, wenn Lady Buckleigh hier ist. Warum sollten sie mich wollen, wenn sie Ihre Ladyschaft haben können?«

»Ja, Bianca ist ziemlich gut darin, alle Stimmen nachzumachen und beim Vorlesen die spannenden Stellen zu betonen.«

»Das verschafft mir auch die Gelegenheit, mit Euch über Judith zu sprechen. Und über Dinah.« Mrs. Armstrong führte Poppy in den Salon. »Ich freue mich so darauf, Judith wieder zurück zu haben. Seid Ihr sicher, dass es Dinah gut genug geht, um allein zu bleiben?«

Poppy nahm ihren Umhang und die Haube ab und legte

alles auf die Sofakante. »Ich glaube schon. Dinah hat die Mutterschaft ganz natürlich angenommen.«

»Das hat Judith in ihrem letzten Brief geschrieben. Ich bin erfreut, das zu hören – schockiert, aber erfreut. Judith sagte auch, dass Nicola ein süßes Baby ist.«

»Das ist sie in der Tat«, stimmte Poppy zu, und wappnete sich ein wenig, falls Mrs. Armstrong über ihre gemeinsame Unfähigkeit, Kinder zu gebären, sprechen wollte.

Mrs. Armstrong nahm nahe des Kaminfeuers Platz. »Und Ihr glaubt, dass sie hier eine gute Lehrerin sein wird?«

Poppy legte die Handschuhe auf den Umhang. »Ja. In den letzten Wochen habe ich viel Zeit mit ihr verbracht und ich mag sie sehr. Ihre Wandlung seit der Geburt ist wirklich außerordentlich. Wenn ihr Verhalten mit Nicola ein Hinweis sein kann, wird sie wunderbar mit den Kindern umgehen können. Sie hatte bloß Angst. Sie dachte nicht, dass sie Mutter sein sollte.«

»Das arme Wesen. Ich werde sie gerne hier haben – und das Baby. Ich bin froh, dass sich alles zum Guten gewendet hat, was sie anbelangt.« Wieder verweilte ihr Blick auf eine gewisse Weise auf Poppy, dass diese einen Kommentar über Dinahs Kindersegen vorausahnte, der Poppy verwehrt war.

In der Hoffnung dem Thema auszuweichen, trat Poppy an das Feuer, um sich zu wärmen. »Es ist kalt heute.«

»Ja, es ist sehr freundlich von Euch, dass Ihr hergekommen seid.«

Poppy entspannte sich und lenkte das Gespräch in eine andere Richtung. »Wir haben unseren Bruder besucht in der Hoffnung, ihn zu überreden, seine Unterstützung für Hartwell House wieder bereitzustellen. Ich bedaure, Ihnen sagen zu müssen, dass uns das nicht gelungen ist.«

Mrs. Armstrong seufzte. »Ich bin Euch für Euren Versuch dankbar. Wir werden uns weiterhin anstrengen müssen. Vor langer Zeit schon habe ich gelernt, keine Erwartungen zu haben.«

Eine Welle der Frustration peitschte über Poppy hinweg. Sie drehte sich zu Mrs. Armstrong. »Es ist nicht richtig. Sie sollten Unterstützung von der Gemeinde erwarten dürfen, insbesondere von denen, die in der besten Situation sind, um zu helfen.« Wenngleich Poppy keine Kenntnis über die wirtschaftliche Situation des Herzogs von Hartwell hatte, konnte sie nicht glauben, dass Calder es sich nicht leisten konnte, Unterstützung zu leisten, und sie konnte auch nicht glauben, dass ihr Vater in irgendeiner Weise schlecht gewirtschaftet haben sollte.

»Eure Empörung für unsere Sache ist herzerwärmend.«

Je mehr sie über den unerklärlichen Geiz ihres Bruders nachdachte, desto wütender wurde sie. »Mein Vater wäre nicht erfreut. Ich verstehe Calder nicht. Er zeigte nicht einmal ein bisschen Reue.« Poppy setzte sich in Bewegung und begann, nur ein paar Schritte vor dem Kamin hin und her zu laufen. »Wenn ich ihn mir allein in diesem riesigen Haus vorstelle, während hier die Zimmer undicht sind und Sie kaum genug Betten haben – um gar nicht daran zu denken, wenn Dinah herkommt.«

Poppy wurde von einer Welle der Benommenheit erfasst. Ihre Beine waren ganz wacklig, und sie musste sich am Kaminsims festhalten, um sich zu stützen.

Mrs. Armstrong war im Nu bei ihr und legte Poppy einen Arm um die Taille. »Kommt, setzt Euch.« Sie führte Poppy zum Sofa. »Geht es Euch gut?«

»Mir ist nur ein wenig schwindelig.« An Poppys Hals stieg die Röte auf. »Und vielleicht bin ich überhitzt. Vermutlich war ich zu nah am Feuer.«

Mrs. Armstrong legte Poppy eine Hand an die Stirn und presste die Lippen aufeinander. »Ihr fühlt Euch nicht zu warm an. Solltet ihr Euch vielleicht etwas hinlegen wollen?«

»Ich denke, es geht mir gut.« In Begleitung eines Anfalls von Übelkeit kehrte das Schwindelgefühl erneut zurück. Poppy schlug sich die Hand vor den Mund und schloss die Augen, während sie sich an das Sofa lehnte.

»Oh je, ich bin gleich wieder da.« Mrs. Armstrong lief eilig zur Tür.

»Könnten Sie ein paar Kekse oder Kuchen mitbringen?«

»Ihr möchtet essen?«, fragte Mrs. Armstrong überrascht.

»Ein Häppchen vielleicht.« Sie fühlte sich genau wie gestern und vorgestern unwohl und ein paar Bissen Kuchen hatten sie wieder auf die Beine gebracht.

Poppy schloss ihre Augen, als sie auf Mrs. Armstrongs Rückkehr wartete. Nach einigen Minuten schlug Poppy beim Klang von Mrs. Armstrongs Schritten auf den Bodenbrettern die Augen auf.

»Hier.« Mrs. Armstrong legte Poppy ein kaltes Tuch auf die Stirn. »Dies sollte helfen. Und hier ist etwas Banburykuchen.« Sie reichte Poppy ein kleines dreieckiges Stück Kuchen, das mit Rosinen gesprenkelt war.

Poppy nahm einen Bissen, kaute langsam und dann biss sie ein weiteres Mal ab. Nach vier Bissen legte sie den restlichen Kuchen auf den Teller zurück, den Mrs. Armstrong auf den Tisch neben dem Sofa abgestellt hatte. »Danke, es ist schon besser.«

Mrs. Armstrong lehnte sich in ihrem Stuhl zurück, ohne Poppy aus den Augen zu lassen. »Wie lange fühlen Sie sich schon so?«

»Seit einigen Tagen, aber das Gefühl ist meistens eher

flüchtig und tritt kurzzeitig am Nachmittag auf. Ich habe auch nicht besonders gut geschlafen.« Wegen Gabriel. Er schlief nicht in ihrem Bett und sie wusste, dass er litt.

»Dann muss es das wohl sein.« Mrs. Armstrong klang fast ... enttäuscht. Sie richtete den Blick auf das Feuer.

»Hatten Sie etwas anderes vermutet?«

»Es ist töricht und ich sollte es nicht zur Sprache bringen.« Sie warf Poppy einen nervösen Blick zu. »Es ist nur so, dass Ihr mir ... gleich bei Eurer Ankunft hier anders erschienen wart. Ich hatte mir nichts dabei denken wollen, doch dann, nach dieser Episode hier ...« Sie winkte ab. »Bitte verzeiht mir.«

Poppy verspürte einen alarmierten Stich im Nacken. Sie setzte sich auf, nahm das Tuch von der Stirn und lehnte sich dann zu Mrs. Armstrong hinüber. »Sollte ich besorgt sein?«

»Ich glaube nicht, aber es kann nicht sein. Ich meine, es könnte, vermute ich ...«

Nun fühlte Poppy sich langsam frustriert und damit stieg eine weitere Welle der Übelkeit in ihr auf. Sie presste das Tuch an ihre Wangen.

Mrs. Armstrongs Augen funkelten vor Besorgnis. »Fühlt Ihr Euch schon wieder übel?«

»Ein bisschen. Falls Sie Informationen haben, die mir helfen würden, dies zu vermeiden, würde ich es begrüßen, wenn Sie sie mir mitteilen würden.«

»Verzeiht mir meine Dreistigkeit, aber wann hattet Ihre Eure letzte Periode?«

Poppy dachte zurück und zählte. Die Übelkeit in ihrem Bauch ebbte ab, und ein befremdliches Kribbeln erstreckte sich über ihre Gliedmaßen. Das Zimmer wirkte ein wenig verschwommen, dann wurde es wieder scharf. »Es ist zu lange her«, flüsterte sie. Sie zählte und verfolgte ihre

Blutungen nun schon seit über einem Jahr. Ihr Zyklus war immer derselbe. *Immer.*

Bis jetzt.

Mrs. Armstrong kam zum Sofa und blieb neben Poppy stehen, um ihre Hand zu nehmen. »Fühlt Ihr Euch anders als sonst? Seid Ihr müde? Sind Eure Brüste empfindlich?«

Ja, aber auch das hatte sie Gabriel zugeschrieben. Sie war müde, weil sie nicht gut schlief. Und ihre Brüste schmerzten ein bisschen, weil sie seine Berührungen so sehr vermisste. Aber das war absurd, wie ihr jetzt bewusst wurde.

Nach all dieser Zeit war sie schwanger. Sie wusste es mit der gleichen Deutlichkeit, wie sie wusste, dass Mrs. Armstrong neben ihr saß.

Poppy ließ das Tuch in ihren Schoß sinken, ohne darauf zu achten, dass es ihren Rock befeuchtete. »Was soll ich tun?«

»Ihr solltet Euch freuen.« Mrs. Armstrong grinste, dann schlang sie die Arme zu einer stürmischen Umarmung um Poppy.

Poppy legte die Arme im Gegenzug um Mrs. Armstrongs Rücken und brach in Lachen aus. Dann stimmte auch Mrs. Armstrong in ihren Freudenausbruch mit ein. Bald rangen die beiden um Atem und tupften sich die Augenwinkel.

»Lord Darlington wird begeistert sein«, stellte Mrs. Armstrong strahlend fest.

Poppy konnte es kaum abwarten, ihm die Neuigkeit mitzuteilen. Das würde ihn aus seiner Melancholie reißen, und sie könnten der Zukunft gemeinsam entgegenblicken.

Der Zukunft. Der Geburt ihres Kindes.

Gabriel würde in Panik geraten.

Sie rief sich in Erinnerung, wie Nicolas Geburt ihn

betroffen hatte, an die Erinnerungen, die sie wachgerufen hatten, an den Schaden, den diese angerichtet hatten. »Ich weiß nicht, wie ich es ihm sagen soll«, flüsterte sie und konnte seine Angst nachempfinden, als ob es ihre eigene wäre.

Mrs. Armstrong blinzelte überrascht. »Warum?«, fragte sie.

»Er hat ... Angst. Seine Mutter starb nach einer Geburt. Und auch seine Schwester.«

»So, wie Eure Mutter.« Mrs. Armstrong nickte. »Sie werden es ihm offensichtlich sagen müssen.« Ihr Ton war trocken, aber teilnahmsvoll.

Poppy überlegte, ob sie warten könne, bis sie es tun *müsste*, bis ihr Zustand offensichtlich wurde. Sie wollte ihn nicht beunruhigen, vor allem nicht, wenn sie nicht wirklich schwanger war. Oder noch schlimmer – wenn etwas passierte und sie nicht schwanger blieb.

Jetzt *war* seine Angst ihre Angst. Sie konnte es ihm nicht sagen.

Dennoch, wenn sie andererseits daran dachte, wie er Dinah vor ihr geheim gehalten hatte, aus Furcht, ihr Schmerzen zu bereiten, wusste sie, dass es zwischen ihnen keine Geheimnisse geben durfte. Schmerz und Angst und Verlust und Trauer – all das waren Bestandteile des Lebens, und sie hatten versprochen, sie miteinander zu teilen, sich ihnen gemeinsam zu stellen und sie gemeinsam zu bekämpfen.

Poppy nickte Mrs. Armstrong zu. »Ich werde es ihm sagen. Bald.« In der Zwischenzeit würde sie sich Bianca anvertrauen, die begeistert sein würde. Poppy betete, dass sich alles zum Guten wendete.

Mrs. Armstrong sah sie mit einem aufmunternden Lächeln an. »Ihr habt so viel durchgemacht. Ihr habt dieses Glück verdient.«

Das mochte vielleicht so sein, aber Poppy konnte nicht

anders, als zu denken, dass auch Mrs. Armstrong dies verdient hatte und vom Glück nicht so begünstigt gewesen war.

Ja, da war Schmerz und Enttäuschung, aber auch Liebe und Akzeptanz. Sie sah sich in dem großartigen Heim um, das Mrs. Armstrong – mit ihrem Ehemann – erschaffen hatte und wusste, dass es ihr, ganz gleich was passierte, gut gehen würde. Nein, es ginge ihr wunderbar.

Das Leben war ein Geschenk, und sie würde bis in alle Ewigkeit dankbar dafür sein.

~

*G*rübeln hatte nie zu Gabriels Stärke gehört und doch hatte er in letzter Zeit das Gefühl, einen Preis fürs Trübsal blasen gewinnen zu können. Ein Glas Brandy zwischen seinen Fingerspitzen schwenkend starrte er ins Feuer.

Poppy war zu Hause, nachdem sie die vergangene Nacht bei ihrer Schwester verbracht hatte. Er war enttäuscht gewesen, als sie nach ihrem Besuch auf Hartwood und Hartwell House nicht zurückgekehrt war, aber konnte er ihr das verdenken? Er war nicht gerade als gesellig zu bezeichnen. Ehrlich gesagt, sollte er nicht überrascht sein, wenn sie nie mehr zurückkehrte.

Doch sie war zurückgekommen.

Mürrisch hob er sein Glas, um festzustellen, dass es leer war. *Verdammt.*

Er stieß sich aus dem Sessel hoch und trat an den Tisch neben dem Bett in dem Schlafzimmer, das er vor einer Woche bezogen hatte. Nachdem Dinah Nicola zur Welt gebracht und gleichzeitig seine schlimmsten Dämonen zum Leben erweckt sowie seine letzte Hoffnung zunichtegemacht hatte.

War es da ein Wunder, dass er die letzte Woche in Stumpfsinn verlebt hatte?

Und wie lange willst du noch so weitermachen?

Die Stimme in seinem Kopf klang wie Poppy. Er schnaubte, als er nach der Flasche griff, nur um festzustellen, dass sie leer war. *Verdammter Mist.*

Er stellte das Glas mit einem Knall ab und durchquerte das Zimmer. Als er die Tür öffnete, sog er beim Anblick seiner Frau, die auf der Schwelle stand, scharf die Luft ein.

Sie trug einen Morgenrock aus rotem Samt, der ihre Rundungen umschmeichelte und sie perfekt hervorhob. Ihr dunkles Haar war zu einem lockeren Zopf geflochten, der ihr über die rechte Schulter hing und dessen Spitze sich an der Rundung ihrer Brust kräuselte. Er wollte ihre Brustwarze mit den seidigen Strähnen necken. Der erotische Gedanke veranlasste seinen Schaft, sich halb aufzurichten.

»Darf ich hereinkommen?« Sie sah ihn mit einem zaghaften Blick fragend an, worauf er sich wie ein Untier fühlte.

Er trat zur Seite und sie kam langsam herein. Er hielt die Tür auf, während er zusah, wie ihr Hintern unter dem üppigen Stoff wippte. Mit wässrigem Mund zog er die Tür ins Schloss.

Er war schlimmer als ein Untier. Wenngleich er ihrer unwürdig war, gierte er nach seiner Ehefrau.

Das Kinn hoch gereckt drehte sie sich zu ihm um. »Wann kommst du wieder in unser Bett?«

Er blinzelte. Dann wollte sie also gleich auf den Punkt kommen.

»Bald.« Was zum Teufel sollte das bedeuten?

Sie legte den Kopf schief. »Warum hast du es überhaupt verlassen?«

»Du weißt, warum.« Seine Worte waren kaum mehr als

ein Grunzen. Von der Art, das ein Untier ausstoßen würde.

»Wenn ich wüsste, warum, hätte ich nicht gefragt.« Sie sah ihn beunruhigt an und verschränkte die Arme vor der Brust. »Ich weiß, du bist aufgebracht über das, woran du dich erinnerst. Und vielleicht auch darüber, dass wir Nicola nicht als unser eigenes Kind großziehen können. Ich bin wegen dieser Dinge ebenfalls aufgebracht.« Sie bewegte sich auf ihn zu und er spannte sich an. Bereits zu lange hatte er erfolgreich vermieden, über diese Dinge nachzudenken. Der Brandy war dabei eine Hilfe gewesen.

»Es tut mir sehr weh«, fuhr sie fort und ihre Gestalt kam schwankend auf ihn zu, ohne stehen zu bleiben, bis sie beinahe seine Brust berührte. »Und ich möchte nicht allein aufgewühlt sein.«

»Poppy.« Zögerlich sprach er ihren Namen aus, während er darum kämpfte, sein inneres Gleichgewicht zu bewahren – und seinen Verstand. »Ich kann das nicht.«

Sie sah ihn mit hochgezogener Augenbraue an. »Ich verlange es von dir. Du bist mein Ehemann. Du hast gelobt, in Krankheit und Gesundheit, in guten wie in schlechten Zeiten zu mir zu halten. Wir stehen das *zusammen* durch.«

Die Emotionen tobten in seinem Inneren – er gab der leichteren nach: Wut. »Du wolltest deinen Kummer nicht mit mir teilen. Wochenlang hast du hier Trübsal geblasen, ohne mit mir zu reden. Da waren wir auch nicht *zusammen*.«

Sie zuckte unter seinen Worten und er fühlte sich grauenvoll. »Nein, das waren wir nicht. Ich wünschte, ich hätte mit dir geredet. Sprich mit mir, Gabriel. Erzähle mir, was du empfindest.«

»Nein.« Er quetschte die Verweigerung an dem steinharten Kloß vorbei, der sich in seiner Kehle gebildet hatte.

»Dann sag mir etwas anderes. Sag mir, wie sehr du

mich vermisst. Wie du mich liebst. Und dass du mich willst.«

»Alles«, krächzte er und es juckte ihn in den Fingern, sie zu berühren, sie zu nehmen.

»Zeig es mir.«

Das hatte sie vor Wochen zu ihm gesagt, als er endlich ihren Kummer durchdrungen hatte. Fein säuberlich hatte sie den Spieß umgedreht. Gott, er liebte sie.

Er schlang die Arme um ihren Rücken und zog sie mit einem groben Ruck an seine Brust. Er hielt seinen Blick fest mit ihrem verbunden und war fasziniert, wie sich ihre dunklen Pupillen mit zunehmender Erregung zu den blau-grauen Iris weiteten.

»Ich habe dich vermisst.« Er schob die Hand zwischen ihre aneinandergeschmiegten Körper und zerrte an den Schnallen, die ihren Morgenrock zusammenhielten.

Der Stoff klaffte auf und ihm wurde der Mund trocken. Ihre Rundungen waren so deutlich erkennbar, weil sie unter dem scharlachroten Gewand nichts trug. »Ich liebe dich.«

Er schob ihr das Kleidungsstück von den Schultern und ließ es an ihren Armen hinabgleiten, während er sich an ihrer Lieblichkeit ergötzte. Von der grazilen Haltung ihres Halses über die üppige Rundung ihrer Brust bis hin zur Einbuchtung ihrer Taille und dem Schwung ihrer Hüfte war er wie in Bann geschlagen.

Er nahm ihren Zopf zwischen Daumen und Zeige-finger und bewegte die Spitze über ihrer entblößten Brust-warze. Sie richtete sich zu einer festen Knospe auf, während Poppy mit zurückgeworfenem Kopf stöhnte und dabei die Augen schloss.

Sein Schaft tobte vor Begierde, und in seinem Körper toste das Verlangen, während sein Verstand vor Leiden-schaft raste. »Ich will dich.«

Sie schlug die Augen auf und ergriff seine freie Hand. »Dann nimm mich.«

Sie führte ihn zum Bett, wo sie auf die Matratze stieg und sich wie ein üppiges Buffet vor seinen Augen präsentierte. Es gab zu viele köstliche Gänge. Er wusste nicht, wo er anfangen sollte.

Noch immer hielt er ihr Haar in der Hand. Während er sie betrachtete, zwirbelte er die Spitze um ihre Brustwarze, wobei er bei jeder Drehung größere Kreise zog. Sie hob sich vom Bett und drängte sich ihm entgegen, auf der Suche nach mehr. Er beugte sich hinab und küsste ihre andere Brust, wobei er ihre Haut mit den Lippen und der Zunge leckte und saugte.

Dann ließ er von ihrem Haar ab und legte eine Hand um ihre Brust, die er fest drückte, während er die andere Brustwarze in seinen Mund sog. Ihre Lustschreie wurden immer lauter. Er steigerte sich, indem er heftig an ihr zerrte und saugte.

Sie keuchte und umklammerte seinen Hals mit einer Hand. »Sanfter.«

Seine Berührung – seine Hände, Finger und sein Mund wurden sanfter. Zärtlich legte er die Hände um ihre beide Brüste und streichelte mit den Daumen über die Brustwarzen. Sie rief seinen Namen und grub die Finger in seine Kopfhaut.

Da stimmte etwas nicht. Sie fühlte sich anders an, und sie verhielt sich ein wenig ... anders. Ihre Brüste fühlten sich schwerer an, beinahe größer, und sie war so empfindlich. Fast zu empfindlich ...

Er hielt inne. »Poppy, geht es dir gut?«

Blinzelnd schlug sie die Augen auf und brauchte einen Augenblick, um sich auf ihn zu konzentrieren. »Ja.«

»Bist du sicher? Deine Brüste sind anders.«

Sie riss die Augen auf. »Das hast du bemerkt?«

»Was bemerkt?«

Sie zögerte, und Panik begann in seiner Brust aufzukeimen. »Sie sind anders. Weil ich schwanger bin.«

Der Raum kippte seitwärts. Gabriel streckte die Hand nach einem Halt aus, und stieß dabei auf den Bettpfosten. Mit festem Griff umklammerte er ihn und wartete darauf, dass die Welt wieder ins Lot käme. Aber das passierte nicht.

Sie war schwanger.

Der Tag war gekommen, den er gefürchtet hatte. Der Tag, dessentwegen er solche Erleichterung verspürt hatte, weil er nie käme. Er würde sie verlieren.

Sie setzte sich im Bett auf, legte die Hände auf seine Taille und hielt ihn fest. »Gabriel, es wird alles gut werden.«

Er schüttelte den Kopf. »Das kannst du nicht wissen. Wie ...«

»Du weißt, glaube ich, wie.« Ihre Lippen kräuselten sich zu einem Lächeln, und er konnte sich nur fragen: »*Wie kannst du jetzt lächeln?*«

»Aber warum, nach all dieser Zeit?«

Sie zuckte mit den Schultern. »Ich weiß es nicht. Und ich weiß, dass du Angst hast. Ich habe auch Angst. Ich bin auch aufgeregt. Gabriel, das ist ein Geschenk ...«

Wie konnte es ein Geschenk sein, sie zu verlieren? Es war das genaue Gegenteil. Er wich vom Bett zurück. Sie machte Anstalten, ihm zu folgen.

»Nein.« Er schüttelte den Kopf. »Ich kann nicht. Du kannst nicht ... Nein.«

Es würde kein Happy End geben. Nur Elend und Trauer. Und ein leeres, klaffendes Loch vor ihm, wo einst seine geliebte Frau gewesen war.

Gabriel machte kehrt und floh.

KAPITEL 10

*N*achdem Gabriel auf dem kleinen Sofa in seinem Arbeitszimmer gedöst hatte – es Schlafen zu nennen wäre eine zu großzügige Auslegung gewesen, hatte er einen Ausritt über das Anwesen unternommen. Dann hatte er sich nach Darlington, in den Ort, aufgemacht. Nun war er wieder auf dem Anwesen, nachdem er den Tag beinahe hinter sich gebracht hatte. Blinzelnd sah er zum Himmel empor, wo die Sonne auf ihrem Weg zum Horizont, den sie in nur ein paar Stunden erreicht haben würde, gerade hinter einer hohen Wolke verschwunden war. Der Tag war kalt und windig, doch weder innerlich noch äußerlich spürte er etwas.

Es war nicht so, dass er nichts fühlte.

Die Eröffnung von gestern Abend, dass Poppy ein Kind zur Welt bringen würde, toste noch immer in ihm. Nachdem er jedoch einen Großteil der vergangenen Nacht damit zugebracht hatte, auf und ab zu laufen, sich auf seinem Lager hin- und herzuwerfen und wieder auf und ab zu laufen, hatte sich allmählich eine Art gefühlloser Akzeptanz eingestellt. Es gab letztendlich nichts, was er an der Situation ändern konnte. Sie war schwanger, und nun war ihr Leben in Gefahr.

Er blinzelte und ihm wurde bewusst, dass er sich auf dem Weg zu Dinahs Häuschen befand. Eine Gestalt lief im Vorgarten umher, und er erkannte sie, denn sie trug ihr Baby.

Was zum Teufel tat sie da?

Ein Gefühl des Zorns und der Furcht brach sich Bahn und vertrieb die Taubheit. Er ritt in den Hof, stieg ab und ließ sein Pferd grasen. Dann marschierte er auf Dinah zu, die ihren Kopf zu ihm hob.

»Was in Gottes Namen tun Sie hier?«, knurrte er. »Das Baby und auch Sie sollten nicht hier draußen sein. Sie werden sich bei der Kälte noch den Tod holen.« Als er auf sie zuging, wich sie einen Schritt zurück und ihr Blick wurde argwöhnisch.

»Das werden wir nicht. Ich bin gerade erst rausgekommen und wir bleiben nicht lange.« Sie sah ihn mit geschürzten Lippen an. »Ich hatte ein wenig Bewegung nötig, falls es Euch interessiert.«

Inmitten der vielen Decken, die Nicola umhüllten, konnte er das Baby kaum ausmachen und er nahm an, dass ihr warm genug war. Dennoch, warum sollte man Krankheiten heraufbeschwören? »Sie müssen besser aufpassen.«

»Verzeiht, Mylord, aber habt Ihr nur angehalten, um mich zu belehren?«, fragte sie.

»Nein.« Vielleicht? Er hatte nicht wirklich beabsichtigt, hierher zu kommen, und doch war er hier. Dann hatte er sie hier draußen mit dem Baby gesehen, und … das bisschen Fassung verloren, das er besaß.

»Mir ist aufgefallen, dass Ihr seit Nicolas Geburt nicht mehr zu Besuch gewesen wart.« Aus zusammengekniffenen Augen sah sie fragend zu ihm auf: »Mögt Ihr keine Babys?«

Er kannte überhaupt keine Babys. Warum sollte er auch? »Ich war sehr beschäftigt.«

»Ihr wart nicht beschäftigt, ehe sie geboren wurde.« Sie holte tief Luft und ihr Blick war voller Mitgefühl. »Ich weiß, dass Lady Darlington und Ihr gehofft hattet, sie aufziehen zu dürfen. Ich weiß, dass Ihr keine eigenen Kinder habt und angesichts des langen Bestands Eurer Ehe scheint es unwahrscheinlich, noch welche zu bekommen.«

Gabriel wollte lachen, aber er fürchtete, dass er stattdessen eher weinen würde. »Wie es der Zufall will, ist Lady Darlington schwanger.« Warum sagte er ihr das?

Dinah strahlte vor Freude über das ganze Gesicht. »Wie wundervoll!« Dann runzelte sie sofort die Stirn. »Warum war sie dann so aufgebracht?«

»Was meinen Sie?«, fragte Gabriel, obwohl er vermutete, es bereits zu wissen.

»Jedes Mal, wenn sie uns seit Nicolas Geburt besucht, kann ich fühlen, wie aufgewühlt sie ist. Irgendetwas beunruhigt sie zutiefst.« Sie betrachtete ihn eingehend. »Seid Ihr Euch dessen nicht bewusst?«

»Ich bin mir dessen bewusst.« Er seufzte. »Das ist mein Verschulden.«

Als Dinah ihn anblinzelte, verzog sie die Lippen missbilligend. »Warum bringt Ihr es dann nicht in Ordnung? Lady Darlington ist der netteste und liebste Mensch, den ich je kennengelernt habe.«

»Es ist ziemlich, ähm, kompliziert.«

»Wie kann das sein? Wenn Ihr sagt, Schuld an ihrer Aufregung zu haben, dann macht es wieder gut.« Das Baby rührte sich in ihren Armen und Dinah veränderte seine Position. »Ihr habt solches Glück, einander zu haben. Was würde ich nicht dafür geben, einen Mann zu haben, der mir hilft. Der mich unterstützt. Der mich liebt.«

Ihre Worte waren eine Abfolge von Pfeilen, die sich

durch seine Angst und Furcht bohrten. Ja, sie hatten Glück. Einander zu haben. Und jetzt ein Kind zu bekommen. Gott, er war bereits so sehr in ihn oder sie verliebt, und es würde monatelang dauern, bis er das Baby zu Gesicht bekäme. Er betete nur, dass er die Gelegenheit dazu bekommen würde.

»Ich habe schreckliche Angst«, wisperte er.

»Könntet Ihr größere Angst haben, als eine junge Frau, die von ihrem Dienstherren attackiert und dann sowohl von ihm als auch ihrer Familie verstoßen wurde, und die ohne die Gutherzigkeit von Fremden ihr Kind in einem verdreckten Armenhaus oder Schlimmerem zur Welt gebracht hätte?« Sie stellte es so dar, als müsste er nichts fürchten, doch seine Angst war real und lähmend.

»Sie sind eine tapfere, junge Frau«, entgegnete er leise. »Ich bin ein Mann, der damit rechnet, seine Gemahlin und wahrscheinlich auch sein Kind zu verlieren, nachdem sie es zur Welt gebracht hat. Sagen Sie mir, wie ich tagtäglich mit dieser Angst leben kann?«

»Ihr könnt das, weil die Alternative darin bestünde, überhaupt nicht zu leben. Als ich sagte, ich würde alles dafür geben, um das zu haben, was Ihr habt, würde ich das auf mich nehmen, wenn auch nur für kurze Zeit. Jede Zeit ist besser als gar keine.« Sie trat näher zu ihm heran, als das Baby anfing, leise Geräusche zu machen. »Lady Darlington mag sterben, aber die Chancen dafür stehen schlecht. Nur Ihr könnt entscheiden, ob Ihr Euch vor Angst zusammenkauern oder mutig und entschlossen in die Zukunft gehen wollt. Ich hatte keine Wahl, und in diesem Moment kann ich ermessen, wie gut das war.«

Sie hatte recht. Er hatte eine Wahl. Er hatte den Luxus, ein egozentrischer Nichtsnutz zu sein. Eine Welle des Widerwillens brach über ihn herein.

»Wofür werdet Ihr Euch entscheiden? Furcht oder

Freude?« Nicola begann zu weinen und Dinah entschuldigte sich, ehe sie wieder ins Häuschen ging.

Furcht oder Freude ...

Gabriel beschwor im Geiste ein Bild von Poppys rundem Bauch hervor ... von ihrem Lachen im Sommer, wenn sie über die Wölbung ihres Bauches streichelte. Ihr Traum war wahr geworden und er erkannte, dass auch seiner sich erfüllte – sie glücklich zu sehen.

Er hatte keine Wahl zu treffen, nicht wenn Poppy die Grundlage für alles bildete, was er war und sein wollte. Gabriel ging zu seinem Pferd und stieg rasch auf. Er ritt in rasendem Tempo zu den Ställen zurück und stürmte auf der Suche nach seiner Frau ins Haus.

»Sie ist bereits zur Veranstaltung aufgebrochen, Mylord. Lord und Lady Buckleigh sind gekommen und haben sie mit nach Hartwell genommen.«

Verdammt, verdammter Mist. »Walker, ich brauche ein Bad.« Gabriel eilte die Treppe mit der Absicht hinauf, die schnellste Toilette seines Lebens hinter sich zu bringen. Er musste seiner Frau nacheilen.

Und seiner Freude.

☙

*B*ei der Veranstaltung troff es nur so von Kiefernzweigen und Bändern. Laternen flackerten und in den Ecken hingen Mistelzweige. Ein Arrak Punsch, wie er im Londoner Vauxhall serviert wurde, zierte den Tisch mit den Erfrischungen sowie auch eine Vielzahl köstlicher Süßigkeiten. Mittendrin thronte ein riesiger Kuchen in Form eines Baumstammes, der mit Kieferzapfen dekoriert war.

Die Szene hätte Poppy mit fröhlicher Erwartung erfüllen sollen. Aber ohne Gabriel an ihrer Seite fühlte sie sich traurig. Vor allem, da sie ihn vor drei Jahren genau an diesem Ort bei dieser Veranstaltung kennengelernt hatte. Es fühlte sich einfach nicht richtig an, ohne ihn hier zu sein. Eigentlich hatte sie sich fast schon entschlossen, überhaupt nicht zu kommen, aber Bianca und Ash waren bereits unterwegs gewesen, um sie abzuholen, und sie wollte nicht, dass die beiden so viel Mühe vergeblich auf sich genommen hätten.

Also hatte sie vorgegeben, glücklich zu sein und eine Geschichte erfunden, dass Gabriel erkrankt war.

»Da ist Felicity«, flüsterte Bianca und drehte den Kopf bedeutungsvoll zu einer großen, blonden Frau in einem blauen Kleid.

Poppy machte Felicity in der Menge aus. »Sollen wir hingehen und mit ihr sprechen?«

»Ja, natürlich.« Bianca nahm Ash am Arm und die drei schlenderten quer durch den Versammlungsraum zu der Stelle, wo Felicity mit ihrer Mutter stand. Mrs. Templeton wirkte ein wenig gebrechlich. Sie klammerte am Arm ihrer Tochter.

»Komm, Mama. Du musst dich setzen. Andernfalls werde ich meine Entscheidung überdenken, dir erlaubt zu haben, hierher zu kommen. Du bist noch auf dem Weg der Genesung.«

»Oh, pfui. Es geht mir bestens, Liebes. Doch ja, ein Stuhl wäre nicht unwillkommen.« Mrs. Templeton lächelte ihre Tochter an, und die Veränderung ihres Gesichtsausdrucks ließ sie weitaus robuster wirken, wenn so etwas möglich war.

In dem Moment entdeckte Felicity die Schwestern und in ihren grünen Augen flackerte das Wiedererkennen auf. »Guten Abend, Lady Darlington und Lady ... Buckleigh, nicht wahr?«

»Ja«, antwortete Bianca. »Gestatten Sie mir, Ihnen

meinen Ehemann, den Earl of Buckleigh, vorzustellen. Ash, das ist Mrs. Felicity Garland.«

Ash neigte den Kopf. »Natürlich erinnere ich mich an Sie, Mrs. Garland.«

Mit großen Augen erhob sich Felicity aus ihrem Knicks. »Ash, wie der kleine Ashton Rutledge? Ich hätte Sie nicht erkannt.«

»Das hätte keiner von uns«, entgegnete Bianca lachend.

»Wie wundervoll, euch alle zu sehen.« Felicity sah sich um. »Wo ist Ihr Bruder? Ich habe ihn seit meiner Rückkehr nach Hartwell noch nicht getroffen.«

Poppy und Bianca tauschten einen skeptischen Blick aus. »Ich bezweifle, dass er heute Abend hier sein wird«, entgegnete Poppy freundlich. »Er ist dieser Tage nicht sehr gesellig. Das Herzogtum hält ihn ziemlich auf Trab.«

»Das ist zu schade«, entgegnete Felicity. »Ich hatte mich so darauf gefreut, ihn zu sehen. Dann werde ich ihm wohl einen Besuch abstatten müssen.«

Biancas Blick schnellte zu Poppy und sie machte den Mund auf. Da Poppy befürchtete, es würde dabei nichts Hilfreiches herauskommen, kam sie ihr zuvor und antwortete: »Sie sollten ihm vielleicht eine Nachricht schicken und fragen, wann er Besucher empfängt.« Sie fügte ihren Worten ein friedfertiges Lächeln hinzu.

Ash holte scharf Luft, während er den Blick auf den Eingang geheftet hatte. »Er ist hier.«

Alle vier Frauen drehten die Köpfe und entdeckten Calder, der direkt auf der Schwelle stand. Tatsächlich senkte sich tiefes Schweigen über die gesamte Versammlung.

Calder überblickte den großen Raum und seine Augen bewegten sich schnell, bis sie plötzlich zur Ruhe kamen, als sie bei ihnen angelangt waren. Nein, nicht bei ihnen. Bei Felicity Garland. Er schritt auf ihre Gruppe zu und die Menge teilte sich auf magische Weise, als wäre er ein alter Fluss, der sich seinen Weg einen Abhang hinunter bahnte.

»Guten Abend«, verkündete er bei seiner Ankunft, als er neben Poppy stehenblieb.

»Guten Abend«, entgegnete Poppy und beäugte ihn ungläubig. Bis auf sein weißes Hemd und das Halstuch war er in gnadenloses Schwarz gekleidet. Gentlemen werteten ihre Garderobe für die Versammlung gewöhnlich mit etwas Festlichem auf. Nicht so Calder.

Felicity sank in einen Knicks und half ihrer Mutter, es ihr gleichzutun. »Euer Gnaden, ich erzählte Ihren Schwestern gerade, wie sehr ich mich darauf gefreut habe, Sie zu sehen.«

»Haben Sie das? Wie überraschend nach all dieser Zeit.« Calders Stimme besaß eine gewisse Schärfe – und es war nicht dieser unausstehliche Tonfall, den er in letzter Zeit angenommen hatte. Hier ging es um etwas anderes, und zwar etwas, das viel tiefer saß.

»Ja, es ist viele Jahre her«, stimmte Felicity zu. »Hoffentlich werden wir etwas Zeit für einen Besuch finden. Wenn Sie mich entschuldigen, ich muss meine Mutter zu einem Stuhl begleiten.«

Es war eine perfekte Einladung für Calder, vorzutreten und seine Hilfe anzubieten. Angesichts der Tatsache, dass er Felicity sofort entdeckt und direkt auf sie zugegangen war, hätte Poppy von ihm erwartet, behilflich zu sein. Stattdessen stand er mit kaltem Blick da, während er ihre Mutter betrachtete.

»Gestatten Sie mir, Ihnen zu helfen«, erbot Ash sich und hielt ihr seinen Arm hin. Er warf Calder einen Blick zu, als Mrs. Templeton seine Hilfe annahm.

»Ich danke Ihnen, Lord Buckleigh.«

»Ich bin gleich da, Mama«, versprach Felicity. Sie sah

den beiden nach, wie sie weggingen, und dann richtete sie den Blick auf Calder.

»Warum sind Sie hier?«, fragte er mit scharfer Stimme, die so leise war, dass nur sie vier sie hören konnten.

Poppy fühlte sich plötzlich so, als würden Bianca und sie sich aufdrängen. Sie trat ganz nah zu ihrer Schwester heran und streifte Bianca mit dem Ellbogen am Arm.

Felicity wich zurück, und ihre Gesichtszüge spannten sich vor Verwirrung an. »Alle kommen zu der Veranstaltung.«

Nicht alle. Schmerzlich war Poppy sich der Abwesenheit ihres Ehegattens bewusst, insbesondere jetzt, da ausgerechnet Calder hier war.

»Nicht hier auf der Veranstaltung, sondern in *Hartwell*.« Seine Klarstellung hatte eine vorwurfsvolle Note. Poppy spannte sich an.

»Meine Mutter ist letztes Jahr zurückgekehrt, und dann vor einigen Wochen erkrankt. Ich bin gekommen, um mich um sie zu kümmern.«

»Also ist Ihr Besuch nur vorübergehend.«

Für einen winzigen Moment verengte sie bei seiner Bemerkung ein Auge. »Ich habe mich noch nicht entschieden.« Felicity lächelte Poppy und Bianca an, die sich untergehakt hatten, und fuhr fort: »Ich freue mich besonders, in der Weihnachtszeit hier zu sein. Niemand begeht das Fest besser als die Menschen in Hartwell. Ich freue mich so sehr auf den zweiten Weihnachtstag, doch als ich erfahren hatte, dass Hartwood nicht Gastgeber der Veranstaltung sein würde, war ich betrübt. Ich hatte gefürchtet, dass Sie krank wären.« Sie betrachtete Calder eingehend, als ob sie die Spur eines Leidens ausmachen könnte.

Poppy wünschte, dass sie das konnte, denn irgendetwas stimmte ganz und gar nicht mit ihm. Das war nicht ihr Bruder!

»Das bin ich nicht, wie Sie sehen können.«

»Anscheinend sind Sie es nicht, und doch sind Sie nicht ganz der Mann, den ich in Erinnerung habe.« Felicity schüttelte den Kopf. »Allerdings ist das auch über ein Jahrzehnt her.«

»Ja, Menschen verändern sich mit der Zeit. Und manche Menschen ändern sich über Nacht.« Calder sah Felicity mit einem arroganten Blick an. »Ich bin mir nicht sicher, ob die Frau, an die ich mich erinnere, je existiert hat.«

Oh, du große Güte! Dies war nicht der richtige Ort für solch eine Unterhaltung. Poppy ging auf ihren Bruder zu und streckte die Hand nach seinem Arm aus. »Calder, vielleicht sollten wir ...«

Er lenkte seinen finsteren Blick auf sie. »Fass mich nicht an. Ich werde sagen, was mir passt.«

»Nicht zu meiner Frau! Nein, das wirst du nicht!« Gabriel schob sich zwischen Calder und Poppy. Sie sah ihn an und war schockiert, dass er hier war. Sie war so auf ihren Bruder konzentriert gewesen, dass sie sein Erscheinen nicht bemerkt hatte. Als sie sich umsah, stellte sie fest, dass die gesamte Versammlung ihre Aufmerksamkeit auf Calder gerichtet hatte.

»Calder, du machst hier eine Szene«, flüsterte Poppy.

Calders Blick verdunkelte sich und er kräuselte die Lippen. Bevor er noch sprechen konnte, trat Gabriel näher zu ihm. »Vorsicht Chill! Lass diese Szene nicht zu etwas anderem eskalieren.«

Calder nahm sie alle ins Visier, aber sein hasserfülltester Blick galt Felicity. »Ich bin gekommen, um mich von etwas zu überzeugen, was ich hatte mit eigenen Augen sehen müssen. Und jetzt bin ich frei.« Er drehte sich auf dem Absatz um und verließ stolzen Schrittes den Versammlungsraum.

Bianca lächelte breit und sah dabei Poppy und Ash eindringlich an, wobei sie mit ihrem Blick flehte, sich ihr anzuschließen und einen angenehmen Eindruck zu erwecken. Als ob sich ihr Bruder inmitten der Weihnachtsveranstaltung nicht gerade wie ein entsetzlicher Grobian benommen hätte.

Poppy konnte sich allerdings zu nichts durchringen, außer ihren Mann anzustarren. Er war hier.

Gabriel drehte sich zu ihr. »Ich wollte ihn nicht verscheuchen.«

»Es war zum Besten«, entgegnete sie.

Er bot ihr seinen Arm. »Sollen wir eine Runde drehen?«

Sie sollte ihn mit Felicity bekanntmachen und sich vergewissern, dass die Situation sich auch wirklich beruhigt hatte, aber sie war zu sehr in ihrer Neugier gefangen, warum Gabriel gekommen war. Wortlos legte sie eine Hand auf den Ärmel seines Fracks und er führte sie auf die Peripherie zu, wo sie ihre Promenade um den Saal herum begannen.

Er ergriff das Wort zuerst. »Es tut mir leid. Dass ich nicht zu Hause war, als du zur Veranstaltung aufgebrochen bist. Dass ich distanziert und egozentrisch war. Dass ich wie ein Idiot reagiert habe, als du mir von dem Baby erzählt hast.«

Ihr Herz tat einen Sprung und sie drückte seinen Arm. Er lenkte sie auf eine Nische zu, die recht weit von allen anderen entfernt lag.

Sie wandte sich ihm zu und stand dicht vor ihm, während sie sein Gesicht forschend betrachtete. »Du hattest Angst.«

»Sprich nicht nur in der Vergangenheit.« Sein Tonfall war ironisch, und sie war so dankbar, dass er einen Funken Humor besaß. »Ich habe Angst, aber ich bin auch überglücklich. Ich habe erkannt, dass ich Letzteres bevorzuge, also werde ich mich darauf konzentrieren.«

»Du hast ›erkannt‹?«

»Ich hatte möglicherweise etwas Hilfe von Dinah. Eine andere Perspektive kann sehr wirkungsvoll sein.«

»Das ist richtig.« Sie legte eine Handfläche auf sein Revers. »So verhält es sich auch mit Traurigkeit und Angst. Ich weiß, wie sich das anfühlt«, erklärte sie leise.

»Natürlich tust du das, meine Liebste. Wir unternehmen diese Reise zusammen – in guten wie in schlechten Zeiten. Ich denke, es ist für uns beide an der Zeit für etwas Besseres.« Sein Mundwinkel zuckte, und ihr Herz schlug einen Purzelbaum.

»Das denke ich auch. Ich gelobe, nicht zu sterben. Und das Baby auch nicht.« Mit ihrer freien Hand berührte sie ihren Bauch.

Sein Lächeln bekam eine traurige Note, allerdings nur für einen Augenblick. »Das kannst du nicht versprechen. Ich glaube jedoch, dass alles so vonstattengehen wird, wie es sein sollte, und ich beabsichtige, jeden Tag aufs Neue in der Liebe zu schwelgen, die uns verbindet, und in der Freude, an das Morgen zu denken.«

»Selbst wenn dieses Morgen nicht eintrifft?« Fast wünschte sie sich, das nicht gefragt zu haben. Er hatte schon so große Fortschritte gemacht.

»Das wird es aber, ob wir es wollen oder nicht … ob wir hier sind oder nicht. Warum sollten wir also nicht das Beste planen?« Er zwinkerte ihr zu. »Ich arbeite noch daran, also habe bitte Geduld mit mir.«

Sie lächelte zu ihm auf. »Wie du sagtest, ist es eine Reise. Ich werde bei jedem Schritt des Weges an deiner Seite sein.«

Die ersten Klänge der Musik ertönten. »Apropos

Schritte«, meinte Gabriel. »Ich glaube, es ist Zeit für dich, mit mir zu tanzen.«

Ein Lachen sprudelte tief aus ihr hervor. »Das hast du vor drei Jahren auch zu mir gesagt – du hast mich nicht einmal richtig gefragt. Ich hielt dich für überaus arrogant.«

»Das war alles nur Gepolter.«

»Es hat funktioniert.«

»Wenn ich mich recht entsinne, war auch ein Mistelzweig im Spiel.« Er wackelte mit den Augenbrauen.

Sie blickte auf. »Schau nur.«

Über ihnen hing ein Bukett aus Mistelzweigen.

»Ich habe dich vor drei Jahren nicht geküsst.«

»Das konntest du nicht. Und das solltest du auch jetzt nicht tun.«

»Hm, das scheint mir eine Frage der Perspektive zu sein. Es ist kein Problem für mich, dich hier zu küssen.«

Sie kicherte. »Wer bin ich schon, um mich zu streiten?«

Er beugte sich vor und küsste sie flüchtig auf die Lippen. »Betrachte dies als Prolog zu der Geschichte, die ich dir später erzählen werde. Und jetzt lass uns tanzen.«

Als Gabriel sie in seinen Armen über die Tanzfläche wirbelte, wurde sie von einer allumfassenden Freude ergriffen. Dies war eine Weihnachtszeit, die sie nie vergessen würde.

EPILOG

August 1812

Poppys verzweifelte Schreie erfüllten das Schlafzimmer. Gabriel hatte mit sich gehadert, ob er bei der Geburt anwesend sein sollte, und nun begann er, seine Entscheidung in Frage zu stellen.

»Da ist der Kopf!«, rief Dr. Fisk.

Mrs. Fisk sah mit herzlicher Aufmunterung zu Poppy auf. »Jetzt noch einmal fest pressen, meine Liebe.«

Rotgesichtig strengte Poppy sich an. Sie drückte Gabriels Hand derart fest, dass er befürchtete, sie würde nie wieder durchblutet werden.

Aber er würde alles für sie geben, einschließlich seiner Hand.

»*Bitte lass es sie gut durchstehen, bitte, bitte, bitte, bitte.*« Das stumme Flehen spulte sich wieder und wieder in seinem Kopf ab, wie ein Refrain der Hoffnung.

Ein lauter Schrei durchdrang das Schlafzimmer. Poppy stieß geräuschvoll die Luft aus und ihr Griff um seine Hand lockerte sich schließlich.

»Wir haben einen Erben«, stellte Dr. Fisk grinsend fest. Er blickte zu Gabriel hinüber, als er Mrs. Fisk den Säugling übergab. Sie tat etwas mit ihm, aber Gabriels ganze Aufmerksamkeit galt dem erschöpften, aber strahlenden Gesicht seiner Frau.

Sie sah zu ihm auf. »Hast du das gehört? Du hast einen Sohn.«

»*Wir* haben einen Sohn.« Er war froh, dass seine Stimme nicht so zittrig klang, wie er sich fühlte. Er hob ihre Hand an seine Lippen und küsste sie auf den Handrücken, ehe er sie an ihre Seite schob. Er beugte sich vor und küsste ihre feuchte Stirn. »Solange ich lebe, werde ich niemals etwas so Wunderbares oder Spektakuläres tun wie du heute.«

Sie lachte. »Ich kann nicht behaupten, dass ich dir da widerspreche.«

Mrs. Fisk erschien an seiner Seite. »Mylord, darf ich Euch Euren Sohn vorstellen?« Sie reichte ihm das gewickelte Baby, dessen rosa Gesicht ganz zerknittert war, als es weinte. »Ich vermute, dass er möglicherweise hungrig ist.« Sie drehte sich zu Poppy, um sie zu versorgen, doch Gabriel war nun ganz auf seinen Sohn konzentriert.

Er berührte die winzige Knopfnase des Jungen. Sein Weinen verstummte und er öffnete die Augen. Sie waren blau mit etwas Grau, wie die seiner Mutter, obwohl er gehört hatte, dass sie vielleicht nicht so bleiben würden. Er entschied, dass sie so bleiben würden. Natürlich würden sie so bleiben.

Eine heftige und allumfassende Liebe ergriff Gabriel und raubte ihm fast den Atem. Er hatte dieses Kind seit Monaten geliebt, aber das hier war anders – erfüllter und vollständiger. Er verstand jetzt, wie Dinah ihre Meinung in dem Moment vollkommen geändert hatte, als sie Nicola im Arm gehalten hatte.

»Ihre Ladyschaft ist jetzt für ihn bereit.« Mrs. Fisk nahm das Baby und legte es Poppy in die Arme. Sie hatte Poppys Kleider so arrangiert, dass ihre Brust freigelegt war, und nun begann sie, ihr zu zeigen, wie sie ihren Sohn stillen musste. Es war das Schönste, was Gabriel je mitangesehen hatte.

Von dem Anblick verzaubert, sah er zu, wie Poppy die Tränen über das Gesicht liefen und ihr Lächeln sanft und voller Liebe war, als sie ihren Sohn liebkoste. Sie streichelte seine Wange und flüsterte ihm liebende Worte zu. Worte, die tief in Gabriels Herz widerhallten. Mit einer Hand wischte er über seine feuchten Augen und grinste dabei.

Wenige Augenblicke später kam ihm zu Bewusstsein, dass sie allein in ihrem Schlafzimmer waren – nur sie drei. Er konnte es kaum glauben.

»Thaddeus, finde ich«, sagte sie und ihr Blick verband sich mit Gabriels. Sie hatten mehrere Namen besprochen, deren Bedeutung das Wort Geschenk innewohnte, denn das war dieses Kind.

Gabriel erwog die anderen Namen, die sie in Betracht gezogen hatten, doch er war ihrer Meinung, dass er wie Thaddeus aussah. »Ja.«

Eine Weile später döste Thaddeus an der Brust seiner Mutter und Gabriel saß müde, aber zufrieden in einem Sessel neben dem Bett. Er war sich ziemlich sicher, dass Poppy schlief, ihre Augen waren geschlossen, ihre Atmung tief und gleichmäßig. Alles war gut. Für den Augenblick.

Hör auf.

Er weigerte sich, sich Sorgen zu machen oder Angst zu haben. Laut Dr. Fisk war die Geburt außergewöhnlich gut verlaufen. Dennoch hatte der Arzt eingewilligt, drei Tage bei ihnen zu bleiben, um Gabriels Sorge zu lindern.

»Dass ich euch nicht vor allem beschützen kann, weiß

ich, aber ich werde mich nach besten Kräften bemühen«, flüsterte er und sah seine geliebte Frau und seinen Sohn an. »Immer.«

Mit einem Flattern schlug sie die Augen auf und formte den Mund zu einem Lächeln. »Ich weiß, dass du das tun wirst. Und wir werden bei dir sein und für dich das Gleiche tun.«

»Ich habe etwas fabriziert«, verkündete er und sein Puls schlug vor lauter Vorfreude schneller. »Ich bin gleich wieder da.«

Er lief in den Salon und dort fand er, was er suchte – einer der Dienstboten hatte es früher am Tag nach oben gebracht. Er nahm das Möbelstück hoch, trug es ins Schlafzimmer und stellte es neben das Bett.

Poppy schnappte nach Luft, als sie die Wiege erblickte. »Sie ist wunderschön. Als ich dich fragte, ob du vorhättest, etwas zu bauen, sagtest du ... später. Ich hatte gedacht, du hättest Angst«, bemerkte sie leise.

»Das hatte ich auch, aber ich habe dir gesagt, dass ich nicht vorhabe, mich von der Angst kleinkriegen zu lassen.« Er hatte das Möbel mit Liebe und Hoffnung gebaut. Es war aus Eiche und es hatte Ranken und Mistelzweige ins Holz geschnitzt.

»Sie erinnert mich an Weihnachten«, sagte sie lächelnd.

»An die Zeit der Freude und Hoffnung.« Gabriel beugte sich hinab und als er sie dann küsste, verharrten seine Lippen ganz sanft an ihren. Vor ihnen erstreckte sich die Zukunft – strahlend und beständig. Ein Gefühl des Friedens überkam ihn.

»Danke, mein Liebster«, flüsterte sie. »Das ist das perfekteste Geschenk.«

In sanfter Verneinung schüttelte er den Kopf und die Liebe durchströmte ihn. »Nein, das bist du und unser Sohn.«

Finden Sie in 'Eine Freude für den Herzog' heraus, was mit dem Fest am zweiten Weihnachtstag passiert, und warum Calder solch ein Geizhals ist!
Vielen Dank dafür, dass Sie 'Das Geschenk des Marquess' gelesen haben. Es ist das zweite Buch aus meiner Regency-Weihnachtsserie mit dem Titel 'Die Liebe ist überall'. Ich hoffe, es hat Ihnen gefallen. Verpassen Sie nicht das letzte Buch in der Trilogie, 'Freude für den Herzog'!

Möchten Sie erfahren, wann mein nächstes Buch verfügbar ist? Sie können sich für meinen Deutscher Newsletter anmelden, mir auf Amazon.de folgen und meine Facebook-Seite liken.

Rezensionen helfen anderen, Bücher zu finden, die für sie geeignet sind. Ich schätze alle Bewertungen, ob positiv oder negativ. Ich hoffe, dass Sie erwägen werden, eine Bewertung bei Ihrem bevorzugten der Seite Ihres bevorzugten Internet-Netzwerkes abzugeben.

Ich mag meine Leser so sehr. Danke!

ANMERKUNG DER AUTORIN

Eines Tages dachte ich, es könnte Spaß machen, eine Weihnachtstrilogie zu schreiben und klassische Weihnachtserzählungen als Grundlage für die Geschichten zu verwenden. Das Geschenk der Weisen von O. Henry ist eine schöne Geschichte und diente als Inspiration für Das Geschenk des Marquess. Dies war mein erster schriftstellerischer Abstecher in eine Romanze, in der der Held und die Heldin bereits ineinander verliebt und verheiratet waren. Als jemand, der seit fast achtundzwanzig Jahren verheiratet ist (zum Zeitpunkt des Verfassens dieses Schriftstücks), kann ich die Tatsache bezeugen, dass die Ehe den Konflikt – oder die Romanze – nicht beendet. Es war überaus bereichernd, Poppys und Gabriels bewegende Geschichte zu schreiben.

Die Institution für verarmte Frauen ist etwas ganz und gar von mir selbst Erfundenes. Die Idee basiert auf den Armenhäusern der damaligen Zeit, aber ich wollte kein »richtiges« Armenhaus, das Manner, Frauen und Kinder (die ihre Eltern nicht oft zu Gesicht bekamen) trennte und typischerweise eher einem Gefängnis glich.

Vielen Dank liebe Julie Kenner für die zahllosen Telefonanrufe, die nötig waren, um dies richtig darzustellen.

Ich hoffe, dass Ihnen diese inspirierende Geschichte gefallen hat! Und frohe Weihnachten wünsche ich Ihnen. :)

BÜCHER VON DARCY BURKE

Historische Romantik

Die Unberührbaren: Die Prätendenten
Geheimnisvolle Kapitulation
Ein skandalöser Pakt
Des Gauners Rettung

Ruchlose Geheimnisse und Skandale
Ihr ruchloses Temperament
Sein ruchloses Herz
Die Verführung des Halunken
Verliebt in einen Dieb

Die Liebe ist überall
(eine Regency Weihnachtstrilogie)
Der Earl mit dem flammendroten Haar
Das Geschenk des Marquess
Eine Freude für den Herzog

Der Club der verruchten Herzöge
Eine Nacht zum Verführen by Erica Ridley
Eine Nacht der Hingabe by Darcy Burke
Eine Nacht aus Leidenschaft by Erica Ridley
Eine Nacht des Skandals by Darcy Burke
Eine Nacht zum Erinnern by Erica Ridley
Eine Nacht der Versuchung by Darcy Burke

ÜBER DIE AUTORIN

Darcy Burke ist die USA Today Bestsellerautorin für sexy, emotionale, historische und zeitgenössische Romantik. Darcy schrieb ihr erstes Buch im Alter von 11 Jahren – mit einem Happy End – über einen männlichen Schwan, der von der Magie abhängig war, und einen weiblichen Schwan, der ihn liebte, mit nicht sehr gelungenen Illustrationen. Schließen Sie sich ihr an newsletter!

Darcy, die in Oregon an der Westküste der Vereinigten Staaten geboren wurde, lebt am Rande des Wine Country mit ihrem auf der Gitarre spielenden Ehemann und ihren beiden ausgelassenen Kindern, die das Schreiben geerbt zu haben scheinen. Sie sind eine nach Katzen verrückte Familie mit zwei bengalischen Katzen, einer kleinen, familienfreundlichen Katze, die nach einer Frucht benannt ist, und einer älteren, geretteten Maine Coon, die der Meister der Kühle und der fünf-Uhr-morgens-Serenade ist. In ihrer ›Freizeit‹ ist Darcy eine regelmäßige ehrenamtliche Mitarbeiterin, die in einem 12-stufigen Programm eingeschrieben ist, in dem man lernt, ›Nein‹ zu sagen, aber sie muss immer wieder von vorne anfangen. Ihre Lieblingsplätze sind Disneyland und das Labor Day Wochenende in The Gorge. Besuchen Sie Darcy online unter https://www.darcyburke.net.

facebook.com/darcyburkefans

twitter.com/darcyburke

instagram.com/darcyburkeauthor

pinterest.com/darcyburkewrites

goodreads.com/darcyburke